集英社オレンジ文庫

平安あや解き草紙

〜その女人、匂やかなること白梅の如し〜

小田菜摘

本書は書き下ろしです。

CONTENTS

イラスト／シライシユウコ

平安あや解き草紙

その女人、匂やかなること白梅の如し

HEIAN AYATOKI SOSHI

第一話
私の存在に覚悟するがいい

——入道《にゅうどう》の女宮《おんなみや》様が、東山《ひがしやま》の御邸《おやしき》に私を招待してくださったのです。

庚申《こうしん》の夜の、玖珠子《くすこ》のあの衝撃的な告白からさかのぼること数日。

洛外《らくがい》で赤疱《あかもがさ》（麻疹《はしか》）流行の兆《きざ》しがあるという、不穏な報せを伊子《かのこ》は耳にした。

その日の夕刻、承香殿《しょうきょうでん》まで訪ねてきた弟の実顕《さねあきら》が詳細を教えてくれた。

「洛外で群発的に見られる程度ですから、さほど心配することもないと思います。もちろんゆめゆめ油断などなさらぬよう、十分にお気をつけください」

などと言いつつも実顕の物言いが緊張感に欠けていたのは、正直しかたがない。なぜなら伊子も実顕も、ついでに言えば傍《かたわ》らで控えている千草《ちぐさ》も、すでに赤疱に罹患《りかん》済みだったからだ。

通常赤疱は一度罹《かか》った者は罹らないとされている。

規模に大小の差はあれ、定期的に流行の兆しを見せるこの疫病《えきびょう》の罹患歴を持つ者は少なくない。伊子と千草は幼少時の小流行でほぼ同時に、実顕はそれから六年後に起きた大流行時に罹った。

御所内《ごしょうち》の仕事に携《たずさ》わる者で、この時の流行で罹患した者は少なくない。当時は亡くなった者も多かったと聞く。赤疱や水痘《すいとう》（水疱瘡《みずぼうそう》）は、大人になって罹るより幼少時のほうが比較的症状が軽くすむと言われているから、伊子達はある意味で幸いだったのかもしれなかった。

「このまま洛中に入らず、無事に収束してくれるとよいのですが」

実顕の発言は、別に洛外の者を軽んじているのではない。人がまばらな洛外では流行も部分的で終わることが多いが、人口が密集する洛中では一気に伝播《でんぱ》する危険があるので、それを懸念《けねん》してのものだ。

疫病の蔓延《まんえん》は疫神《えきじん》によるもの、あるいは祟《たた》りなどが理由とされる。その一方で、人から人にうつるものであることは経験的に誰もが知っていた。

「祈禱《きとう》は行わせているの？」

「もちろん。父上が真言院《しんごんいん》と陰陽寮《おんみょうりょう》に疫病鎮遏《ちんあつ》の祈禱を命じました」

「そういえば、先ほど小耳に挟んだのですが……」

思い出したように千草が口を挟んだ。

「右大臣《うだいじん》は、万が一にでも若宮《わかみや》様を罹患させてはならぬと自宅で大規模な祈禱を行っているようですよ」

「そりゃあ、そうでしょう」

娘の入内《じゅだい》から二年。切望の末、ようやく授かった男皇子《おとこみこ》だ。

目算は外れて直ちに立坊《りつぼう》することは叶わなかったけれど、いまでも有力な次期東宮《とうぐう》候補であることに変わりはない。それこそ荒い風にも当てずに育てるつもりなのだろう。いずれにしろ伊子としては、今回の兆しがこのまま小さい範囲で収まってくれることを祈るのみである。

というのも、実は帝《みかど》と嵩那《たかふゆ》には麻疹の罹患歴がないのである。いまのところ洛中に発病した者は出ていないというが、万が一そんなことが起きれば、帝を守るためには罹患歴のない者の参内《さんだい》を止めるぐらいの強硬な措置《そち》を取らねばならぬやもしれなかった。宮仕えの女人《にょにん》が後宮の外に出ることはあまりないから、対象となるのは男性の官人達になるが。

（一応、皆の罹患歴だけは確認しておいたほうがいいかも）

いざとなったときに誰が安全なのか、誰の身が危ないのか。身分の低い者は下仕えに任せるとして、女房達の状況は把握《はあく》しておきたい。疫病鎮遏《ちんあつ》は神頼みだとしても、想定しうる事態への対処は人がするものだ。もろもろに考えを巡らせたあと、伊子は蝙蝠《かわほり》を揺らしつつ細く息を吐いた。

「これぞまさに、人事を尽くして天命を待つというところね」

「女宮様が法会《ほうえ》を催《もよお》される？」

昼御座《ひるのおまし》で帝からその旨《むね》を聞いたとき、伊子は思わず同じ言葉を繰り返してしまった。

庚申の夜から数日過ぎた昼下がりのことであった。

「ああ、そのように記してある」

そう言って帝は、折り目のついた白の薄様《うすよう》を伊子に寄越した。

受け取ろうと腕を伸ばしたさい、濃縹《こきはなだ》の単《ひとえ》の袖口《そでぐち》がふわりと揺れた。季節を先取りした蓬《よもぎ》かさねの唐衣《からぎぬ》は、濃淡に差がある萌黄《もえぎ》を合わせたもの。同系色の絹が身体《からだ》の動きや光の具合によって絶妙な陰影を醸《かも》し出す様子は趣《おもむき》がある。表着《うわぎ》は白の浮織物で文様は小葵《こあおい》。五《いつ》つ衣《ぎぬ》も白で統一している。時候的に唐衣以外はすべて単仕立てである。

「疫病鎮遏のためですか……」

女宮の水茎《みずくき》の跡も鮮やかな文を一読しながら、眉間《みけん》にぎっちりと深い皺《しわ》を刻んだ伊子に帝は苦笑した。

「目的は順当ゆえ、そこまで神経質になることはなかろう」

「確かにあの御方でしたら、目的を果たすために祈禱に頼るような真似《まね》はなさらないでしょう」

そう言って伊子は、手にした文をいったん膝に置いた。

嵩那の立坊が決定したいま、女宮の次の目標は今上《きんじょう》の譲位《じょうい》である。数十年来のその悲願を叶えるのに、確実性が定かではない神仏に頼る甘っちょろい女人ではない。

赤疱流行の兆しがある状況から、疫病鎮遏の目的は偽りではないのかもしれない。

しかし立坊式を間近に控えたこの時期に、女宮主催で行われる催《もよお》しにはどうしてもなんらかの企《たくら》みを疑わずにはいられなかった。参列者の面子《めんつ》によっては、東朝《とうちょう》派の結束を固める目的で行われるのではという疑念も思い浮かぶ。

おそらく新大納言《しんだいなごん》は参加をするだろう。そのさい娘の玖珠子を伴《ともな》うことは、十分に考えられる。いや。庚申の夜から数日過ぎているから、もはや二人は面会を済ませてしまっているかもしれなかった。

伊子を帝から引き離すことを諦めた女宮は、後釜《あとがま》として玖珠子に目をつけた。父親の新大納言は嵩那を婿に迎えたいと望んでいるから、その点ではうってつけの相手だ。

ただし新大納言は長女の朱鷺子《ときこ》を今上に入内させているから、全面的な味方にはなりえない。新大納言の本命はあくまでも今上であり、しょせん嵩那は控えに過ぎない。朱鷺子が男児に恵まれなかったとき、もしくは恵まれても桐子所生《ひさこしょせい》の一《いち》の宮《みや》に後塵《こうじん》を喫《きっ》したときのための備えなのだ。

聡明な女宮であれば、それぐらいのことは最初から承知しているはずだ。そのうえで彼女がどこまで新大納言と玖珠子に比重を置くものであろうか。あるいは新大納言を引き込むための策を講じるものなのか。

「なにを考えこんでおる？」

帝の問いに、伊子は物思いから立ち返った。

女宮の文を膝に置いたまま、長いこと彼女の思惑に考えを巡らせていた。

「すみませぬ。相手が相手なだけに、不安が尽きぬのです」

「私もだよ」

さらりと告げられた一言に、伊子は目を瞬かせる。

女宮の真意を報せてからしばらく経つが、帝から彼女をあからさまに警戒する言葉は聞かれなかったからだ。

帝は脇息《きょうそく》に指を添え、御簾《みす》のむこうに広がる東庭《とうてい》を眺めていた。

伊子は帝の口許《くちもと》を注視し、その唇が紡《つむ》ぐ言葉を待った。帝は一度唇を結び、小さく息を吐いた。

「私自身はなにが起きてもと覚悟はしている。もちろん挑む気概《きがい》もある。されどその危険が一の宮に及ぶことがあるのかと思うと、不安で居たたまれぬ」

真摯《しんし》に告げられた言葉に、十七歳の若者の父親としての成長ぶりを見た気がして伊子の心は震えた。

一の宮誕生の報せを受けたときの帝はもちろん喜びはしていたが、どこか他人事《ひとごと》のような印象も否《いな》めなかった。しかし弥生《やよい》の末、桐子の参内にあわせて御所入りしたわが子の顔を見てからの目覚ましいほどのこの変わりようはどうだ。

口許のほころびを抑えつつ、伊子は言った。

「一の宮様の件でございましたら、おそらく心配は無用かと」

怪訝《けげん》な顔をする帝に、伊子は声をひそめた。

「吉野《よしの》で式部卿宮《しきぶのきょうのみや》様からお伺《うかが》いしたのです」

女宮が一の宮や桐子に危害を加えるのではという伊子の危惧《きぐ》を、嵩那はあっさりと否定した。その理由は女宮の良心ではなく、うら若く健康な妃を三人も持ち、なおかつ自身もまだ十七歳と若い帝の子を狙っても、将来的なことを考えればきりがないという非常に合理的なものであった。

唐土《もろこし》の後宮などでよく聞く、わが子を帝位にと願って別の妃が産んだ子供を狙うのとは事情がちがう。まして初老にでもさしかかっているならともかく、十七歳の青年の子を片《かた》っ端《ぱし》から狙いつづけるなどおよそ現実的ではない。

理由を聞いた帝は、妙に納得した顔でうなずいた。

「宮は冷静だな」

「近頃は遠ざけられていても、やはり女宮様のことをよく存じておられるのでしょう」

なんといっても父帝の同母妹だから、一番近い叔母《おば》にはまちがいない。まして幼少時は母親のような存在だったというのだから。

だからこそ嵩那の前で、女宮を完全に否定することを躊躇《ちゆうちよ》してしまう。伊子にとって脅威《きようい》と怒りしかない相手でも、身内である嵩那にはまたちがった感情があるにちがいないだろうから。

「ゆえに主上《おかみ》は、どうぞ御身を守ることをお考えください。それが周りの方々をお守りすることにつながりますゆえ」

「なるほど」

帝は相槌《あいづち》を打ったあと、軽く首を傾《かし》げた。そうしてしばしの思案の末、おもむろに口を開く。

「ならば敵情視察といくか」

「はい？」

帝はくすっと声をたてて笑い、伊子の膝の上にある女宮からの文を一瞥《いちべつ》した。

「悪尚侍《あくないしのかみ》。私の名代として東山の法会に行き、参加者の顔触れを確認してまいれ」

東山とは文字通り、東側に位置する洛外《らくがい》の丘陵地《きゅうりょうち》一帯のことである。洛中との間には賀茂川《かもがわ》（鴨川《かもがわ》）が流れており、現状で架設されている橋は五条大橋《ごじょうおおはし》のみである。これまで小さな橋は何度か架けられたが、頻繁《ひんぱん》に起こる氾濫《はんらん》で流されてしまっていた。

そんな事情ゆえ御所から東山に牛車《ぎっしゃ》で行くときは、たとえ目的地が御所に近い一条《いちじょう》や二《に》条《じょう》の通りの延長線上にあったとしても、いったん五条まで下らなければならなかった。牛車を乗せるための組船は、大掛かりで準備に手間もかかる。もっとも女宮の邸《やしき》は四条大路《しじょうおおじ》の延長先の山麓《さんろく》に近い場所に建っていたから、その点では行きやすかったのだが。

「ようこそ、御越しくださいました」

車寄せに上がった伊子を出迎えたのは、すでに顔見知りとなった中年の女房だった。吉野の離宮にも随伴《ずいはん》していたから、女宮にとって腹心の者なのかもしれない。

だとしたら女宮が伊子を見限ったことも、とうぜん知っているだろう。しかし檜皮《ひわだ》色の落ちついた唐衣をつけた女房は取り澄ました顔をしており、そこから感情を読み取ることはできなかった。

さすが女宮に仕える者だけある。伊子はいったん屋根裏に目をやり、人知れず細く息を吐いた。次いで視線を戻したときは、微塵《みじん》の動揺《どうよう》も見せずに平坦に告げる。

「主上から名香を預かって参りました。どうぞお納めくださいませ」

肩を軽く反転させると、背後に控えていた女房の一人が一歩前に進み出た。本日伴《ともな》ってきた女房は千草と、下臈《げろう》の若狭《わかさ》こと沙良《さら》である。一斤《いっこん》染めの唐衣に浅黄《あさぎ》の表着《うわぎ》。白の五《いつ》つ衣《ぎぬ》という清楚《せいそ》な装いが、公達《きんだち》の間でも評判の十五歳の美少女にはよく似合っている。

沙良が大切そうに抱えた香壺箱《こうごのはこ》は、蓋《ふた》に螺鈿《らでん》細工を施《ほどこ》した非常に豪奢《ごうしゃ》なもの。このままではもちろん見えないが、比金襖《ひごんのう》の綾錦を内張りして内装にも意匠《いしょう》を凝《こ》らしている。四つ並べた香壺は、白磁《はくじ》の壺と瑠璃《るり》製の坏《つき》がそれぞれ二つである。

香はもちろん一級品を用意しているが、それを収める容器にも抜かりはない。帝に命ぜられた伊子が入念に準備した選《え》りすぐりの品である。

しかしこの目を見張るほどの豪奢な品にも、経験豊富な女房はひるんだ様子を見せなかった。彼女は表情を微塵も崩さぬまま香壺箱を受け取った。

「ありがたく、納めさせていただきます」

少し離れた場所に控えていた侍女を呼び寄せると、彼女に香壺箱を手渡した。

そうしてふたたび向き直ると「どうぞ、こちらに」と伊子達を先導する。

殿舎に通じる中門廊《ちゆうもんろう》は片側が吹き放しになっていて、庭の様子が一望できる。

巨大な池に設《しつら》えた中島には若葉を茂らせた青もみぢが枝を伸ばし、形よく配された立石に涼し気な影を落としている。水際にぎっしりと生やした苔《こけ》と濡れて黒く光る石の対称が趣があって奥ゆかしい。清潔に清められた建物と手の込んだ庭が、暮らしの裕福さを表していた。

東《ひがし》の対《たい》の簀子《すのこ》を経て、正殿たる寝殿にとむかう。

殿舎と池の間の庭には、奉納舞《ほうのうまい》のための舞台がすでに設営されている。管弦奏者《かんげんそうしや》のための席も筵《むしろ》を敷いて設えてある。これは華やかな法会《ほうえ》になりそうだと、この段階ですでに推察することができた。

南廂《みなみひさし》と簀子には、すでに多くの参加者が座っていた。参内《さんだい》ではないので大方の者は穀紗《こめしや》の直衣《のうし》姿だが、これも年齢によって二藍《ふたあい》の濃淡が変わってくる。

伊子は目をすがめて、参加者の顔触れを確認しようとした。身分の高い者は奥に席を得ているので、ひとまずは五位の殿上人《てんじようびと》やそれ以下の者に限られる。

「誰がいるか、あとで見てきますよ」

背中越しにささやいた千草に、伊子は無言でうなずいた。

ざっと見たかぎりは従来からの東朝派ばかりで、特に驚くような顔はなさそうだ。

東朝を支持する公卿《くぎょう》達の中で、一番の有力者は新大納言である。しかし彼は今上を追い落とそうとしているわけではない。政敵である右大臣《うだいじん》への牽制《けんせい》から、東朝派とのつながりを維持しているだけだ。東朝派の旗頭《はたがしら》とするには、情熱も信頼度もいまひとつ弱い。

（本来なら是《ぜ》が非《ひ》でも、お父様を引き入れたいところだったでしょうけど）

伊子を懐柔《かいじゅう》して、芋《いも》づる式に左大臣《さだいじん》・顕充《あきみつ》を味方につける。この女宮の目論見《もくろみ》が達成していたのなら、来月は立坊《りつぼう》ではなく譲位《じょうい》になっていたかもしれなかった。

しかし東朝を真剣に支持する者の動機は、大多数が正義感と先帝への怒りであって、今上に反発しているわけではない。追儺《ついな》に騒動を起こして今上を追いつめた治然律師《ちねんりっし》も、その目的はあくまでも立坊までだった。

よって嵩那の立坊が叶ったことで、もはや納得している感はなきにしもあらずだった。それゆえかこの場にただよう和気藹々《わきあいあい》とした空気も、これで道理が通ったという安心感からのように見えた。

そこが禅譲《ぜんじょう》という女宮の最終的な目的とは、決定的に乖離《かいり》している。

その距離をどうやって近づけてゆくつもりなのか、こうなると伊子には過激な手段しか思いつかなかった。たとえば災害を装った人災を起こし、天子の不徳を糾明《きゅうめい》させる。あるいはまた、先々帝の亡霊を利用した騒ぎを起こすかもしれない。物語のように手段はいくらでもありそうだが、その中で最大の懸念《けねん》は、女宮が今上を害す可能性だった。

「こちらで、ご参加ください」

案内された先は、東廂《ひがしひさし》だった。妻戸《つまど》をくぐると、辺りに漂っていた護摩《ごま》の香りがいっそう強くなる。廂の中は几帳《きちょう》で細かく仕切られており、伊子は仏壇《ぶつだん》を設えた母屋《もや》が一番見やすい中央の局《つぼね》にと案内された。

母屋に目をむけると、仏壇よりも先に几帳や屛風《びょうぶ》で設えられた奥の御座《おまし》に目がいく。繧繝縁《うんげんべり》の畳《たたみ》に座っていたのは、白い頭巾をつけた女宮だった。枯葉《くちば》色の小袿《こうちぎ》と単《ひとえ》、萱草《かんぞう》色の袴《はかま》に茜《あかね》色の五条袈裟《ごじょうのけさ》。いつもと同じ尼装束《あましょうぞく》だが、髪を覆《おお》ってしまっているからか、深い皺《しわ》を刻んでこそむしろ際立つ美しさが鮮明になっている。

伊子のほうを見る気配はない。左手に数珠《じゅず》を握り、満足げに仏壇を眺めている。

母屋の中央に設えた巨大な仏壇の前には、大勢の僧侶《そうりょ》達が整列していた。さほど仏道に通じていない伊子でも知っている高僧ばかりである。仏壇の設えも僧侶の質も非の打ちどころがない。

これはさぞかし立派な法会になるにちがいない。

女というだけで仏道を学ぶには不利なのに、物理的な設備も人選もここまで成し遂《と》げてしまうとは——敵ながら並大抵の人物ではないことを、あらためて突きつけられる。

仏壇から目を離し、今度は南廂に目をむける。先ほどは奥にいる参加者まではよく確認できなかったが、ここからだといくらか判別することができる。

姿こそはっきりとは見えないが、聞き覚えのある新大納言の声が聞こえてきた。相槌《あいづち》を打つ相手の声にも覚えがある。おそらくは源中納言《げんのちゅうなごん》だろう。彼は日頃から新大納言と行動を共にしている。

思った通りの顔触れで、警戒には値しない。

「尚侍。右隣に先の式部卿宮様の北《きた》の方《かた》が……」

沙良がひそめた声で告げた。先の式部卿宮とは嵩那のことではなく、その前任の親王である。彼自身は二十年程前に故人となっているが、北の方は健在でいまは勤行《ごんぎょう》の日々を送っていると聞いている。皇族の一員として女宮の法会に参加するのも納得の、こちらも心配はいらぬ人物だ。

「ご挨拶《あいさつ》をしてきてちょうだい」

伊子の命令に沙良はひとつ頭を下げて退席した。五節舞《ごせちまい》を切っ掛けに宮仕えをはじめた沙良は女房としての経験は一年未満だが、従来の気の強さとしっかりした性格からあっという間に仕事に慣れたので、たいがいのことは安心して任せられる。

「こちらのお隣は、まだどなたもいらしていないようですよ」

沙良が退いたあと、左隣を眺めつつ千草が言った。

伊子は几帳のほころび（のぞき穴）に目をむけた。ひょっとしてこの席に玖珠子が来るのではとも思ったが、新大納言がすでに来ているのに娘だけが遅れるということはないだろう。

ならば本日の玖珠子の参加はないのであろうか。そもそも玖珠子が受けた女宮からの誘いが、この法会とはかぎらない。あるいは二人はすでに顔合わせをしてしまっているのかもしれなかった。

（だとしたら、なにを話したことやら……）

玖珠子は稀有《けう》なほどに聡明で大胆《だいたん》な娘だが、言動からして皇統の争いに興味があるとは考えにくい。いっぽうで女宮が玖珠子に声をかけた目的も、新大納言という有力な公卿を自分側につけることで、玖珠子の才能に興味があるわけではない。

違う目的を果たすために、それぞれに相手を利用するのか否《いな》か。一癖《ひとくせ》も二癖もあり、しかも干支《えと》が一回り（この場合は十干十二支《じっかんじゅうにし》の略・六十年）するほどの年齢差がある二人がどのように動くものか、伊子にはまったく想像がつかない。

結局、隣の局に人が来た気配がないまま法会ははじまった。

火舎《かしゃ》から立ちこめる煙が燻《くすぶ》る中、磬《けい》の音を合図に僧侶達が声明《しょうみょう》を唱える。伊子は袂《たもと》から数珠を取り出した。南廂や簀子にいる参加者も同じように数珠をかけて祈っている。名香の薫《かお》りがいっそう強くなり、なんだか酔ってしまいそうでもある。

仏事が滞《とどこお》りなく進み、僧侶達が華筥《けこ》を持って立ち上がった。

散華《さんげ》である。

大袖《おおそで》の法衣がばさりと音をたて、白い樒《しきみ》の花がいっせいに舞い上がる。ふわふわと空をただよったあと、雪が降るように静かに床に落ちていった。

「きれいですね」

顎《あご》をもたげながら、うっとりと沙良がつぶやいた。

そういえば、今はちょうど樒の花が咲くころである。散華に使う花は他には蓮《はす》の花弁があるが、この季節では手に入らない。季節によっては造花を使うことも多々ある。

しんしんと降る雪のように、音もなく積もった樒の花は床を白く染め上げてゆく。

法会が一段落すると、女宮は筆頭の僧侶のもとに足を運んだ。女主人が話しこむいっぽうで、女房達が斎《とき》の準備をはじめる。庭ではすでに管弦奏者達が控えており、参加者達もここぞとばかりに雑談をかわしはじめた。

「いや、素晴らしい法会でしたな」

「さすが女宮様」

遠巻きに聞こえる公卿達はもちろん、東廂にいる女人《にょにん》達もそれぞれの局の中で称賛の言葉を惜しまなかった。

「まこと美しい法会でございました」

「極楽浄土《ごくらくじょうど》もかくやといったところでございますわ」

いまのところ、女宮が伊子になにか言ってくる気配はない。吉野で完全に見切られたものと考えればとうぜんかもしれぬが、完全に敵となった相手になにも仕掛けてこないのも彼女の気性を考えれば少々不気味ではある。

不安を消せないまま母屋に立つ女宮を見つめる。朗《ほが》らかな口調で、薄色と鈍色の九条袈《くじょうげ》裟《さ》をまとった僧侶と話しをしていた。

そのとき左隣の局から、「北の方様」という女人の声が聞こえてきた。

法会が始まる頃は誰も来ていなかったのに、いつのまに人が入ったものかと伊子が視線をむけたときだった。

とつぜん吹きつけてきた風が、几帳の帳《とばり》を揺らした。ほころびがふわりと膨らみ、その向こうにいた小袿姿の人物に伊子は目を見張る。

紋子《あやこ》だった。新大納言《しんだいなごん》の北の方で、朱鷺子、玖珠子姉妹の母である。

まちがいなく視線を重ねたあと、帳はぱたりと落ちた。目にしたのは一瞬だったが、むこうも確実に驚いていた。それはそうだろう。朱鷺子入内時《じゆだい》の軋轢《あつれき》を考えれば、紋子は伊子のことを鬼のように怖い女だと思っているだろうから。

「姫様、いまの新大……」

紋子を嫌っている千草は、露骨に顔をしかめていた。

分かっているとばかりにうなずくと、伊子は几帳にいざり寄ってほころびにむかうようにして声を掛ける。

「北の方様、ご無沙汰《ぶさた》いたしております」

型通りの挨拶に対して、紋子はしばし無言であった。伊子から頭を下げたことに驚いているのかもしれない。前に会ったときにきっちりと灸《きゆう》を据えてやったこともだが、そも宮中での位階も家柄も伊子のほうが上である。予想外にしおらしい反応に戸惑っているのかもしれなかった。

しばらくして紋子は、思ったよりも落ちついた声音《こわね》で返事をした。

「尚侍《かん》の君《きみ》様こそ、このような場でお会いするとは奇遇でございますね」

「私は帝の遣いとして、お供物《くもつ》を納めに参りました」

「さようでございましたか。さすが主上《おかみ》の信頼厚き悪尚侍様ですこと」

悪尚侍と言ったときの紋子の口ぶりには、かすかに皮肉めいたものが含まれていた。この場合の〝悪〟は畏怖《いふ》されるほど強いという意味で、善悪を示す言葉ではない。時と場合にもよるが、男の場合は称賛に近い。しかし女の身でありながらそのように呼ばれる伊子を、同じ年で妻でもあり母でもある紋子は軽んじているわけである。

けして言葉では言わずとも、にじみでる優越感が伝わってくる。

あいかわらずの嫌な女に伊子が敢《あ》えて声をかけたのは、玖珠子の件で探りを入れたかったからだ。先ほど垣間見《かいまみ》たときは分からなかったが、あるいは隣に玖珠子がいるのではとも思ったのだ。

「今日はご夫君とは別々にお出でになられたのですか？」

伊子がここに来た時に、新大納言はすでに到着していた。それから法会が始まるまでしばらく間があったが、少なくともその間に紋子は来ていなかった。ならば二人が一緒に来たとは考えにくい。

「ええ。わざわざ足をお運びいただく女宮様を、殿の車にお乗せするわけにはまいりませぬので、こうしてお迎えにあがりました」

さらりと紋子は告げた。殿とはもちろん新大納言のことだ。しかしそれ以外の言葉の意味が分からず、伊子は怪訝《けげん》な面持《おもも》ちを浮かべた。

几帳を隔《へだ》てているから、そんな表情は紋子には見えなかったはずだ。しかしなにかで気づいたものか、紋子はまるで相槌《あいづち》を打つように〝ああ〟と言った。

「今宵《こよい》の中《なか》の君《きみ》（玖珠子）の裳着《もぎ》の腰結《こしゆい》を、女宮様がお引き受けくださったのです」

伊子は目を見張った。

玖珠子の裳着とは、まさしく青天《せいてん》の霹靂《へきれき》だった。年齢的には不思議でもないが、そんな噂《うわさ》は微塵《みじん》も流れていなかった。

だが、なによりも驚くべきは腰結役である。

女宮が玖珠子の腰結役を引き受けたというのは、新大納言家との結びつきを強めようという彼女の意向を示すことに他ならない。さらに突きつめるのなら、女宮は伊子の後釜《あとがま》として玖珠子に狙いを定めたという証明でもある。

もちろん双方ともに想像できたことだが、あまりにも急で判断が追いつかない。

紋子曰《いわ》く、本日が法会という慌ただしさを考えれば日にちをずらすべきであったが、双方の都合と吉日を考えるとこの日しかなかったのだという。

「一品の内親王様という尊貴《そんき》な御方に腰結役をお引き受けいただくなど、またとない幸運でございますれば、あの姫の将来《さき》も明るいものとなりましょう」

はずみがついたように、紋子は上機嫌で語りつづける。先ほどまでの用心深い調子はどこにやらである。伊子に自分を攻撃するつもりがないことを悟った彼女は、夫と娘の自慢をしたくてうずうずしていたのだろう。

紋子のように家を切り盛りしてきた女にとって、家族の栄光は彼女が縁の下で支えて作り上げたものである。それを誇りに思うことは、伊子が主上に仕える尚侍という立場を誇りに思うのとおなじことだ。

ゆえに、けして否定も蔑《さげす》みもしない。

ただ伊子は己の仕事を誇りにはしても、他人に自慢はしない。まして妻や母という立場の女人を蔑んだことはない。相変わらずの紋子の鼻持ちならなさには白けることこの上ないが、そのおかげで伊子も冷静さを取り戻した。

（さて、どう言おうか？）

この場をうまく取りつくろいながら、なにを訊きだすべきなのか頭を回転させる。

伊子は帳を一瞥《いちべつ》する。今宵が裳着ということを考えても、また気配から推察しても玖珠子はここに来ていない。

伊子は唇を引き結び、白々しくない程度に愛想よく語る。

「そういえば庚申《こうしん》の夜、貴家の中の君が、女宮様から招待を受けたようにお話しをしてくださいました。あのように聡明な姫君ですから、女宮様の御目に適ったのでございましょうね」

「まあ、さようなお話があったのですか？　あの娘ったらなにも言わないで」

素で驚いた声をあげる紋子に、伊子はかすかに眉《まゆ》を寄せる。

ならば玖珠子は、女宮の招待をまだ受けていないのだろうか。いかに玖珠子が大胆不敵《だいたんふてき》といえ、同居の母親の目を盗んで東山の女宮の邸《やしき》には行けないだろう。そもそも女宮と縁があることを自慢している紋子にそれを隠す理由がない。

「では、ご招待はまだでしたのね。女宮様が腰結役をお引き受けになられたのは、中の君にお会いなされてお気に召したものと思っておりました」

「いいえ。腰結にかんしては、女宮様が御自ら夫に申し出てくれたことですわ」

「……では、中の君は女宮様とお会いするのは、今日がはじめてと」

「ええ。緊張して粗相《そそう》など起こさないと良いのですが」

己の娘がそんな玉ではないことぐらい分かっているだろうに、なにを白々しい。

もちろんそんな本心は嘆気《おくび》にも出さず、伊子はもっとも知りたいことを探るための言葉を重ねる。

「裳着が済めば、次は御結婚を考えねばなりませんね。新大納言の嫡子《ちゃくし》で、しかもあのように聡明で愛らしい姫君ですから、求婚も引く手あまたでございましょう」

貴族の娘にとっての裳着の式は、結婚が可能となったことを世間にお披露目する側面を持つ。ゆえに婚約が内定している姫などは、裳着を済ませれば直ちに婿を呼び寄せる。逆に結婚が決まったので急遽《きゅうきょ》裳着を行う場合もある。

嵩那の立坊《りつぼう》が決定してから、貴族達はこぞって彼に縁談を持ち掛けている。その中でも新大納言は、十八歳という年齢差にもひるむことなく玖珠子との縁談を強力に進めようとしていた。これが親の一存ならあまりにも酷《こく》だと思うが、そもそも率先《そっせん》して嵩那を選んだのが玖珠子なのである。

「ええ。幾つか良いお話はいただいておりますのよ」

得意げに紋子は言う。ここでどなた様方から？　などと訊いたら最後、意気揚々《いきようよう》として将来有望な公達《きんだち》の名を挙げてゆくことだろう。そんなことに興味はないし、紋子を優越感に浸らせるつもりもない。

案の定《あんのじょう》、ほころびのむこうの紋子は問いがないことに拍子抜けした顔をしている。

それでも伊子が黙っていると、ついに堪えきれなくなったとみえて自分から婿候補の公達や貴族の名前をあげはじめた。ありがたいことだと言葉だけは謙遜《けんそん》しながらも、節々に優越感と自慢をにじませた紋子の話を、伊子は左の耳から右の耳へと聞き流していた。

伊子が知りたいのは、嵩那とのことだけだ。

いかに女宮があがこうと、いかに新大納言がすり寄ろうと、成人男性である嵩那の婚姻を彼の承諾《しょうだく》なしに決めてしまうことは不可能である。ならば女宮はなにを餌《えさ》に、新大納言を自らの陣営に取り込もうとしているのだろう。

「――でございましょう。ですから式部卿宮《しきぶのきょうのみや》様が」

ここにきて出た嵩那の名に、伊子は耳を疑う。

ほころびのむこうで紋子は、その美しい顔にあいかわらずの高慢な微笑《ほほえ》みを浮かべていた。

「式部卿宮様が、今宵の裳着にご参加くださるとのことなのですのよ」

翌日、伊子は久しぶりに斎院御所《さいいんごしょ》を訪れた。

いままさに玖珠子の裳着が執《と》り行われているであろう夜に、斎院から『明日来い』との呼び出しの文が届いたのだ。相変わらずの無茶な親友だが、どういうわけかこちらが会いたいと願う間で呼び出してくるのが不思議な相性である。

知己《ちき》の元を訪れるための装いは、普段の唐衣裳《からぎぬも》ではなく小袿長袴《こうちぎながばかま》の略装だった。卯月《うづき》下旬という季節柄、五《いつ》つ衣《ぎぬ》は省《はぶ》いている。深紫《こきむらさき》の小袿は三重襷《みえだすき》地紋に白の唐花丸紋を織り出した二陪織物《ふたえおりもの》で、袖口《そでぐち》や裾《すそ》から艶《つや》のある紅の単《ひとえ》をのぞかせる。

客殿に入ると廂《ひさし》の間には、色の薄い夏の直衣《のうし》をつけた嵩那がいた。

斎院の文にはなにも記していなかったが、なんとなくそうだろうという気がしていたのであまり驚かなかった。

「大君《おおいきみ》、まあ座れ」

御座所から斎院に促され、伊子は彼女のはすむかいに腰を下ろす。斎院を中心に、伊子と嵩那は横並びになった。

「わざわざ足を運んでもらってかたじけない。されど御所では話しにくいことゆえ」

「昨夜、新大納言の中の君の裳着に参加いたしました」

斎院の話を遮《さえぎ》るように嵩那が言った。伊子は彼のほうにと視線を動かし、こくりとうなずく。

「存じております」

なんらかの意図があることは明らかだったから、責めるつもりはなかった。だがもちろん理由は知りたい。直近で顔をあわせたのは三日前だが、そのときにそんな話は一言も出なかった。嵩那が故意に隠していたのでなければ、裳着の開催そのものと同様に、彼が参加を決めたのも急遽《きゅうきょ》のことだったのだ。

「なにゆえ女宮様の誘いに応じられたのですか？」

新大納言ではなく女宮と言った伊子に、斎院が鼻を鳴らした。嵩那はため息と同時に不貞腐《ふてくさ》れたように視線をそらす。

裳着式への参加要請が新大納言からのものであれば、どれほど白々しい口実を使ってでも拒《こば》める。物忌《ものいみ》でも仮病でもなんでもよい。成人皇族である嵩那を強制的に邸から引きずり出すなど新大納言にはできない。

そこまで嵩那に強《し》いることができる人物は、帝をのぞけば女宮しかいない。

しかし嵩那は渋い表情のまま、なかなか言葉を発しようとはしない。唇を薄く開き、また引き結びと、そんなことをしきりに繰り返しているだけである。伝える言葉を探しあぐねている、そんな雰囲気《ふんいき》の弟を見兼ねたのか姉たる斎院が口を開く。

「叔母上《おばうえ》が宮に、中の君との縁談を受けるように申してきたそうじゃ」

なんだ、それだけかと、正直拍子抜けした。そんなことは、女宮が伊子を見限って玖珠子に目を付けた段階で予想できた。裳着の式への参加がそのまま婚姻につながるわけではないが、新大納言側も女宮も、ひとつの山を崩したと考えているだろう。

だが、嵩那が従うわけがない。

それは私という恋人がいるから――と言いたいところだが、残念だがそうではない。

皇族や貴族の世界で、結婚と恋愛は別である。だからこそ伊子は彼を恋うているにもかかわらず、嵩那との結婚を選べなかったのだ。左大臣《さだいじん》の大姫という生まれと、今上の尚侍《ないしのかみ》という立場ゆえに。

理由はなんであれ、嵩那との結婚を拒んだ伊子に彼の結婚に口を出す権利はない。感情で納得できずとも、理屈では納得するしかなかった。

姉・斎院の言葉を受け、嵩那は腹立ちともやけくそとも取れる口調で言った。

「もちろん無理だとお断りしました」

「ならば、なにゆえ裳着のお式に参加なされたのですか？」

責めるようにではなく、努めて冷静を装い伊子は問うた。もちろん色々と複雑な感情はある。しかし嵩那は帝に仕えつづけたいという伊子の望みを汲《く》み、従来の結婚という形を諦めながらも伊子との恋を選んでくれた。

ならば今度は伊子が譲歩《じょうほ》しなければならない。

だからこれから先、嵩那にどんな縁談があろうと伊子はなにも言うつもりはない。たとえ彼が様々な事情で妻を娶《めと》らなければならなくなったとしても、それは伊子が選んだ道の結果なのだ。

伊子の問いに、嵩那は渋い表情で答えた。

「中の君との結婚を受ければ、皇統にかんしての問題はいったん手を引くと叔母上が仰《おお》せになられたのです」

思いがけない理由に、伊子はぽかんとする。その反応に斎院は、さもありなんとばかりにうなずいた。

「われも聞いたときは、宮が物《もの》の怪《け》に幻でも見せられたのではないかと思うた」

「あいにく、そこまで耄碌《もうろく》はしておりませぬ」

にべなく言ったあと、嵩那は裳着に参加をした理由をあらためて説明した。

「御本人は、古希《こき》を過ぎた自分が最終的な目的を達するには時間が足りそうもない。ならば私に即位の機会が巡ってきたときに必要な後ろ盾を備えることで、あとは天意に任せることとしたいと仰せでございました」

予想外の方向ながらも存外に筋の通った理由を、伊子はどう判断すべきか迷った。

三十三歳という伊子の歳はけして若くはないが、かといって今後の計画に余生を考慮《こうりょ》しなければならぬほどの年齢でもない。ゆえに女宮の言葉がどれほど彼女にとって深刻なものであるか、いまひとつ想像ができなかった。

「それで裳着にご参加を？」

つまり、それは玖珠子との結婚を受けるということか？

もちろん文句は言えない。だが、やはり心は痛む。

「私は叔母上の言い分を信じてはおりません」

嵩那は言った。

「されど、あの場でそんなことを言って刺激することは愚策《ぐさく》でしかないので、ひとまず裳着の式への参加を承諾《しょうだく》したのです」

「では女宮様は、余生を理由に妥協《だきょう》などしないと？」

「むしろ余生を理由に、さらに強引かつ早急にことを進めようとするでしょう」

嵩那は断言した。確かにこれまでの経緯を考えれば、そのほうが合点《がてん》がいく。先ほどの話も、新大納言《しんだいなごん》という有力な公卿《くぎょう》の後ろ盾を得るために、それぐらいの芝居はやってのけるだろうとしか思えない。

女宮に対する嵩那の強い不信に、斎院は半ば呆《あき》れたように首を揺らした。

「なれどそなたが中の君の裳着に参加をしたことで、新大納言はますます積極的に結婚を言ってくるであろう」

「でしたら他の姫君の裳着にも、片っ端から参加しますよ。だとしてもこれから裳着を迎えるような年若い姫君と夫婦になるつもりはありません。三十歳の私とではあまりにも不自然でありましょう」

「さようか？　われは男というものは、例外なく若い女を好むものだと思うていたが、そなたはちがうのか」

「姉上はどう思われますか？　私が十二、三の姫に本気で恋をしていたら」

「気色悪い」

間髪《かんはつ》を容《い》れずに斎院は断定した。

「申し込まれた側であればいたしかたないが、もしもそなたが自分からそのような幼い姫に恋をしかけるような者であれば、光源氏《ひかるげんじ》並みの気色悪い男じゃ。そのような変態は二度とこの斎院御所の敷居を跨《また》がせぬぞ」

仮定の話だというのに、斎院はまるで現《うつつ》のことのように怒っている。ちなみに『源氏物語《げんじものがたり》』の光源氏を引き合いに出した理由は、主人公が幼い少女を引き取り、自分の理想の女に育てあげて妻とした件を言っているのである。成人女性からすると気持ち悪いことこのうえない展開である。

ひとしきり文句を言ったあと、斎院は気を落ちつけるようにひとつ息をつく。

「いずれにしろ、そなたにはこれから縁談の話が降るように舞い込んでくるはずじゃ。それは大君も覚悟しておるであろうな」

とつぜん話を振られて、伊子はびくりと肩を揺らした。

吉野で気持ちを確認しあった件を、斎院にはまだ話していない。しかし嵩那が話をした可能性はもちろんある。自分達はとうぶん結婚をするつもりはない。それは今上を支持する左大臣・顕充の立場もあるが、なによりも尚侍としての仕事をつづけたいという伊子の意志を尊重してのことなのだと。

いまの斎院の言葉から察するに、彼女が親友と弟の恋に対する決断をすでに承知している可能性は高かった。

「いくら縁談が来ようと、私は結婚はしませんよ」

嵩那は言った。その口調はぱっと聞いたかぎりは投げやりのようでもあったが、しっかりと狙いを定めて放った鞠《まり》のような勢いがあった。

「裳着の式に参加をしたのは、あくまでも叔母上を刺激しないためです」

伊子は複雑な気持ちになる。嵩那の言葉に偽りはないだろう。しかし東宮冊立《さくりつ》が決まったいま、そんな強情も言っていられない気がした。嵩那が伊子への誠意からいまのような主張をつづけ、それが彼の立場を悪くすることにでもなれば心が痛む。

かといって賢《さか》しらな女ぶって嵩那に縁談を勧めることは、まったくちがう。伊子自身の感情はもちろんだが、それはあまりにも嵩那を馬鹿にし過ぎている。

「東宮ともなれば、そんな頑《かたく》なを通すわけにもいくまい」

いま、まさに伊子が思っていたことを斎院が口にした。彼女には珍しい、諭《さと》すような物言いだった。

「必要となれば考えます。ですがそれはいまではありません」

きっぱりと、斎院のみならずまるで伊子にも聞かせるように声高らかに嵩那は言う。

「男にとって妻を迎えるということは、それなりの責任と負担を伴《ともな》います。地位や立場があるからといって、犬の子をもらうように気軽に受け取ることはできません。どういうわけか世の女人《にょにん》達は、男はそれがまったく難なくやってのけると思っている方々が多いようですが、男にとっても強いられた結婚というのは苦痛なものなのですよ」

次第に興奮してきたのか、話しが進むにつれて嵩那の口ぶりは彼には珍しいほど熱を帯びていった。最初のうちは気圧《けお》されたように聞いていた伊子だったが、そのうち彼の真意を把握《はあく》することができた。

（そういうことか……）

己の自惚《うぬぼ》れ加減に、伊子は思わず苦笑しそうになった。

以前女宮と対峙《たいじ》したときに強く感じた、嵩那の精神の自立ぶりをここにきてまざまざと見せつけられた。

立場上、人にはどうしても逃れられぬしがらみが必ずある。親王という存在であればなおさら、それは強く絡みついて離れぬであろう。そのような環境に生まれついた嵩那は、物理的ではなく精神的に自由になる術《すべ》を早くから取得していた。それは彼が女宮のように妄執《もうしゅう》に捕らわれぬための、生きる知恵だったのかもしれない。

立場による義務を粛々《しゅくしゅく》と遂行《すいこう》しながらも、嵩那の精神はなにものにも捕らわれない。嵩那が結婚を拒《こば》むのは、伊子に対する誠意ではない。

彼自身がいま妻にしたいと思う相手が伊子だけであり、それが叶わないからしないというだけの話なのだ。

嵩那の精神の自由は誰にも阻めない。それは彼が精神的に自立をしているからだ。今後状況が変われば、あるいは妥協する気持ちになれば、嵩那は伊子の気持ちなど関係なく妻を娶るだろう。

何事においても、いまは永遠ではない。

人の気持ちや状況は移ろう。それはけして悲劇ではない。そうでなければ悲しみや苦しみも、永久に刻まれたままになってしまうではないか。

結婚という制度は、移ろいやすい気持ちを繋《つな》ぎとめることに少しは役立つだろう。特に伊子のように身分の高い女に対して、男はあだやおろそかに不実は働かない。

だが伊子は、自らの意思で結婚を選ばなかった。

そのぶん嵩那を繋ぎとめられなくなる危険性は高くなった。

(望むところよ)

伊子は唇の片端を持ち上げ、挑戦的に微笑《ほほえ》んだ。

それでも嵩那の伊子に対する、いまの想いに疑いはない。ならば未来におびえて、尚侍《ないしのかみ》といういまの夢を諦めるなどまっぴらである。

勝手なことを承知で、伊子はこの恋にかんして身を引くつもりは一切ない。

挑むような気持ちで強く思う。いかに不誠実と罵《ののし》られようと、今後嵩那の妻となる者は私の存在に覚悟するがいい。

「なれば叔母上の提案は断るのだな」

分かっていたことのように斎院は言った。

とうぜんだとばかりにうなずいたあと、嵩那は肩をすくめた。

「物騒なことになりそうですね」

まるで他人事《ひとごと》のような口調だと伊子は苦々しく思った。

先日より臥《ふ》せがちであった、麗景殿女御《れいけいでんのにょうご》こと朱鷺子の具合が相変わらずよくない。

伊子は内侍所で、小宰相内侍《こさいしょうのないし》からその報告を受けた。藤壺《ふじつぼ》と麗景殿の女房達の争いに巻きこまれ、勾当内侍《こうとうのないし》が怪我《けが》をした。その件で帝から咎《とが》められたことで、この若い妃はひどく打ちひしがれて臥せるようになった。

しかし妹・玖珠子の献身や、庚申《こうしん》の夜に行った貝覆《かいおお》いでの藤壺女御こと桐子の強気なふるまいになにか思うところがあったようで、それ以降は少し活気を取り戻したと聞いていたのだが。

「まさか、赤疱《あかもがさ》じゃ……」

不吉な言葉が思わず口から漏《も》れたが、報告に来た小宰相内侍はすぐに否定した。

「熱も発疹《ほっしん》もないので、それは大丈夫だと侍医《じい》が申しておりました。かねてよりの気鬱《きうつ》がここにきてひどくなったのだろうと……」

精神的なものだから、取り立てていうほどのことではない。小宰相内侍の口ぶりはそんな本音を言外に匂《にお》わせていた。確かに彼女のように気が強い女人からすれば、朱鷺子の繊《せん》細《さい》さは理解しがたいものがあるのだろう。

（本来、高貴な姫君ってそんなものなのだけどね……）

箱入りでなに不自由なく育てられた自邸から、慣れぬ御所で寵《ちょう》を争うという過酷《かこく》な環境に激変した。しかも十三歳と若く、もっとも多感な年頃である。気鬱にならぬほうが不思議なくらいだ。

こんなとき、叱責《しっせき》や発破《はっぱ》をかけても意味はない。安神剤を煎《せん》じて飲ませ、物《もの》の怪《け》の仕業《しわざ》というのなら祈禱《きとう》を行って気長に成長を見守ってやるしかない。

これが他の女御なら見舞いに行くところだが、帝を恋い慕《した》う朱鷺子は、帝の意中である伊子の見舞いなど望まない。現に前は拒絶され、すごすごと引き返す羽目になった。

「新大納言《しんだいなごん》様もたいそう心配なされ、参内《さんだい》のあとには必ず顔を出して、薬や滋養《じよう》のつく食べ物を差し入れておられるそうです」

「父親ならとうぜんでしょうけど、赤疱でないのならひとまずは安心よ」

「その件ですが、市中のあんばいはいかがなものなのでしょう？」

不安気に勾当内侍は訊いた。

彼女の懸念《けねん》はいたしかたないことだった。なにせ先日の調べで、後宮職員の半分ほどが赤疱の罹患歴《りかんれき》がないことが判明したのだ。その中には勾当内侍も含まれており、しかも彼女の息子・五位蔵人藤原尚鳴《くろうどふじわらのなおなり》も罹《かか》っていないのだという。

伊子は右腕ともいうべき辣腕《らつわん》の部下を、安心させるように語りかける。

「弟から聞いた話では、いまのところ市井《しせい》では目立った広がりはないようよ。洛外《らくがい》のほうもだいぶん落ちついたように言っていたわ」

「ならばよろしゅうございました」

「女宮様の法会《ほうえ》が功を奏したのでしょうか」

なんの悪意もない口調で小宰相内侍が言う。彼女はもちろん勾当内侍も、伊子と女宮の間にある因縁《いんねん》を知らない。そもそも女宮の本心を知っているのは、つい最近までは伊子と嵩那、斎院の三人だけだった。東朝派を刺激しないために、できるかぎり隠し通すつもりでいたからだ。

だがそれも限界となり、ついに帝と顕充にだけ明かしたのでさえ少し前のことだ。

つまり世間の大方の者は、女宮の本当の目的を知らない。

東朝派の長老として、西朝《せいちょう》派の不当を正す為に嵩那を東宮に冊立することに率先して動いた。世間が周知しているのはそこまでだ。よもや今上を禅譲《ぜんじょう》させようとまで企《たくら》んでいるなど、ほとんどの者は気づいていない。

「疫病《えきびょう》の不安が消えるまでは、女房達の宿下がりも控えさせねばなりませぬか?」

確認するように小宰相内侍が言う。

伊子と勾当内侍は目を見合わる。理はあるが、それを言うのなら朝臣《ちょうしん》達の内裏《だいり》への出入りも禁止しなければならない。なにしろ彼らは毎日自邸から参内しているのだから。

「市中では広まっていないのなら、そこまで厳しくはせずとも……」

決めきれずに語尾を濁《にご》した伊子に、勾当内侍が折衷案《せっちゅうあん》のように言う。

「急用以外はできるだけ避けるように伝えておきましょう。いかんせん、いまは若宮様もおいでででございますゆえ、慎重であるに越したことはございませぬ」

なるほど、賢明かつ堅実だ。

「では、そのように皆に伝えてちょうだい」

伊子の指示に、勾当内侍と小宰相内侍はそろってうなずいた。


侍医の診断、加えて小宰相内侍の憶測にも反して、朱鷺子の体調はなかなか良くならなかった。新大納言などは心配のあまり、陣定《じんのさだめ》でも自分の意見を述べると、そのあとの大納言の発言を待たずに（陣定での陳述順は、位の低い者からという慣例があった）陣座を退出してしまうのだという。もちろん娘の様子を見に行くためだ。

「さすがに目に余ると、藤参議《とうのさんぎ》などは不平を唱えておりましたが……」

帝に対してそう説明をしつつ、蔵人頭《くろうどのとう》はひょいと肩をすくめた。

昼御座《ひるのおまし》・平敷御座《ひらしきおまし》に座る帝の周りには、伊子の他に蔵人頭と五位蔵人・尚鳴が並んでいた。彼らは少し前に行われた陣定で書き留められた定文《さだめふみ》を、帝に奏上するために参上したのである。

「藤参議は、新大納言のやることにはだいたい不平を唱えるのですよ」

けんもほろろに尚鳴が言った。藤参議は右大臣《うだいじん》の腰巾着《こしぎんちゃく》と呼ばれる人物だ。彼の政敵である新大納言に対してはどうしても手厳しくなる。

とはいえ娘の身を案じての父親の行動へのその言葉は、思いやりに欠けると非難されてもしかたがない。そもそも陣定での意見は必ずしも統一させる必要はない。各々《おのおの》の意見を奏上することが目的なのだから。

ゆえに新大納言の途中退席も、実はそこまで目くじらを立てるものでもないのだ。尚鳴は特に新大納言を慕っているわけでもないが、この事情はさすがに父親としての気持ちを汲《く》んだようだ。

十六歳の公達《きんだち》の威勢のよさに、帝も蔵人頭もまるで男童《おのわらわ》でも見るような眼差《まなざ》しで苦笑を浮かべる。三十二歳で直属上司の蔵人頭はともかく、十七歳と尚鳴より一つ年上なだけの帝のこの包容力は、いったいいかがして築かれたものかとつくづく感心させられる。

「新大納言も、さぞやご心痛でありましょうね」

蔵人頭の言葉に、帝は表情を曇らせた。

妃に対する純粋な心配はもちろん、朱鷺子の不調は自分の忠告が切っ掛けとなったのだから気には病むだろう。まったく同じ忠告を受けた藤壺の桐子は、屁《へ》とも思わずいつも通りにふるまっているというのに。

「少々、大切に育てすぎたのやもしれぬな」

ぽつりと帝が言った。非難するような物言いではなかったが、朱鷺子のあまりの繊細さには多少うんざりしはじめているのかもしれない。なにしろ帝の周りの女人《にょにん》ときたら、義母はあの斎院で、初恋が伊子、最初の妻が桐子ときているのだから、見事に気の強い者しかいない。

（いやいや、私はあの二人よりは引くということを知っているわよね）

自分で勝手に横並びにしたくせに、すかさず伊子は訂正《ていせい》を試みる。いくら悪尚侍《あくないしのかみ》の異名を取ったところで、自分などとうていあの二人には敵《かな》わない。まして朱鷺子のような少女からすれば異次元の気丈さだろう。

年若い高貴な姫君ならばあれが普通なのだと、かばうつもりで伊子は言った。

「麗景殿女御様は、まだたいそうお若い方ですから」

「ですが、ひとつ違いの弟姫《おとひめ》は気丈な方でしょう」

ばっさりと言い切ったのは尚鳴だった。この少年もたいがい気が強いが、よもやその弟姫から〝子供過ぎて無理〟とこき下ろされたとは夢にも思っていないだろう。

「同じ邸《やしき》で育った同胞《はらから》の姉妹なのに、それほど人となりに違いが出るとは、まことに不思議なものですね」

「確かに。不可思議なものだな、子供は」

しみじみと帝が言った。彼がつい最近父親になったことを思うと、深みを増す言葉である。自制的で調和のとれた気質の帝と、恐れ知らずでわが道を突き進む桐子との間に生まれた一の宮がどんな気性の人間に育つのか、想像するだけで面白い。

「その弟姫ですが、新大納言も北の方も女御のあんばいを気にするあまり、彼女の縁談話は宙に浮かせたままにしているようです」

鞠《まり》を投げるように、尚鳴が新しい話題を放りこんだ。

伊子と嵩那の関係を知らぬ彼に、もちろん他意はない。しかし元々自分が玖珠子の第一婿候補であったことは知っているはずだから、他人事《ひとごと》が過ぎる言いようだった。

「ああ……」

蔵人頭が相槌《あいづち》を打った。

「もちろん女御にはご回復を願うところですが、弟姫の縁談にかんしてはかえって良かったのやもしれません。いかんせん式部卿宮《しきぶのきょうのみや》様がまったく乗り気ではないので……」

「さようであったのか？」

いまはじめて知ったことのように帝は訊いた。彼の嵩那に対する屈託を思えば、複雑な言葉である。

諸々《もろもろ》の関係を知らぬ蔵人頭は苦笑交じりにうなずく。

「私も宮様のお気持ちは分かります。なにしろ年が違いすぎますので」

「確かに十二歳という年は幼くはありますが、あと四、五年も待てば別に問題もないのではありませんか」

単純なことだとばかりに尚鳴が反論する。玖珠子との縁談を袖《そで》にした彼がこんなことを口にするのもなんだが、十六歳という年齢では、己の生涯《しょうがい》をさらに二年上回る年齢差など想像ができないのかもしれない。

「あのなあ、むこうが四、五歳年を取れば、こちらも同じだけ年を取るのだぞ」

「もちろん」

だからなんだ？　という顔をする尚鳴に、蔵人頭はため息をついた。

「そなたの年では分からぬやもしれぬが、人生の下り坂にある者にとって、いままさに人生の盛りを迎えようとしている者の眩《まぶ》しさは毒にもなりかねない」

この蔵人頭の言葉には、尚鳴はもちろん帝もいまひとつ釈然としない顔をしていた。彼らの若さを考えれば、それも然《しか》りであろう。

しかし伊子にはすんなりと腑《ふ》に落ちた。毒とまではまだ思わぬが、あと五年、十年経たときに、若い人に対してそう思わぬ自信はなかった。

尚鳴は不服気に頰《ほお》を膨らませはしたが、日頃世話になっている直属の上司の言葉に表立って異を唱えることはしなかった。いっぽう帝は、なにか考えるように眉根《まゆね》をひそかに寄せつづけていた。

帝からの裁可を得た奏上を手に蔵人頭と尚鳴が退席すると、おもむろに帝が問うた。

「かまわぬのか？」

怪訝《けげん》な顔をする伊子に、帝はさらに切りこむ。

「宮が、誰ぞを妻に迎えることとなっても」

ずいぶんと単刀直入《たんとうちょくにゅう》にきたものだと、動じるよりも伊子はおかしくさえなった。

「私にそれを咎《とが》める権利はございませぬゆえ」

さらりと答えた伊子に、帝は疑うような目をむける。

嵩那が東宮となれば、伊子はとうぶん彼と結婚はできない。状況によっては永遠に不可能となるかもしれなかった。それは個々の誰かに対する想いが理由ではない。今上の忠臣である左大臣《さだいじん》・顕充の大姫という伊子の立場故だ。

「あなたにとって、それは耐えがたいことではないのか？」

「私よりずっと若い女御様方も、同じ想いを耐えておられます」

帝は細い針で突かれたように顔をしかめた。

嫌な言い方になってしまったが、これが帝の所為《せい》ではないことぐらい分かっている。ゆえにもちろん責めるつもりもなかったが、ただ他に言いようがなかったのだ。

帝の外戚《がいせき》となることで権力を掌握《しょうあく》する。それが長年踏襲《とうしゅう》されつづけたこの国のやり方だった。そのため貴族達はこぞって娘を送りこむ。帝という存在そのものも、代々血縁によってつながれてきた。

そこに帝個人の、男としての意志はない。

——男にとっても強《し》いられた結婚というのは苦痛なものなのですよ。

先日の嵩那の訴えが、鮮明によみがえった。

その点で縁談をはねつける嵩那は、だいぶん我儘《わがまま》と言えるのかもしれない。

しかし彼はなんの利にもならない東宮位という、最大級のお荷物を世のために引き受けてくれたのだ。それぐらいは大目にみてやれと、心の底から伊子は思う。

探るように、帝は問いをつづける。

「そうは申しても宮は、結局はあなたの為に縁談を拒《こば》んでおられるのであろう」

「女の立場としてはそうだと申し上げたいところでございますが、残念ながらすべて宮様のご意志でございます。いまは私を想ってくださるゆえ、他からの縁談ははねつけておられますが、状況次第でご本人が納得なされれば、あるいは妻を得られるやもしれませぬ」

いよいよ帝は意味の分からぬ顔をする。

結婚して妻となり、子を産み母となることこそ女の幸せである。できることなら夫には側室など持って欲しくない。そんな世の常識に照らしあわせれば、伊子の言い分は呑《の》み込み難いものであろう。

伊子だって、本当は嫌だ。嵩那が誰かを妻に迎えるなど。

だが吉野の山中で、伊子が主張した希望を嵩那は受け入れた。

正直に言えば伊子も、嵩那があんなにあっさりとあの破天荒《はてんこう》な希望を受け入れてくれるとは思ってもいなかった。

破天荒——天荒とまで蔑《さげす》まれた唐土《もろこし》の荊州《けいしゅう》で、はじめて進士《しんし》に合格した者の偉業になぞらえ、前人未踏の境地を切り開くことを表した言葉である。

あんなことを望んだ女が、かつていたものか。

そしてそんな女を受け入れた嵩那は、伊子以上に破天荒な男だった。

嵩那は本当に自由な男である。いかに立場をがんじがらめにしようと、彼の精神を束縛《そくばく》することは誰にもできない。だからこそ彼は、伊子の自由をすんなりと受け入れることができたのだ。

初恋の人として十年も伊子を想いつづけた帝とはちがう。嵩那は伊子と別れたことに捕らわれず、その後は幾人かの女人達と、その都度《つど》真剣に恋をしてきた。そしていまも真剣な恋を伊子としている。焼《や》け棒杭《ぼっくい》についた火ではない。

共に破天荒な二人だからこそ、こんな結論に至ったのだ。

（常識的には、とうてい理解し難いでしょうけれど…）

目の前の、困惑しきりといった帝の表情につくづく思う。

すべてが嵩那の意志である――そう言いきった伊子に対して帝は、間違った、そこまではいかずとも、危うい道を進んでいるのではと懸念《けねん》しているのかもしれなかった。女が好いた男との結婚を望まず、それどころか他の女を妻として迎える危険性さえも敢《あ》えて見過ごすなど、通常の思考ではとうてい考えられない。

そのときだった。

ふいに伊子の脳裡《のうり》に、ひとつの考えが思い浮かんだ。

まさかの思いに、ごくりと唾《つば》を飲む。

「……あの、ひょっとして」

おそるおそる伊子は切りだした。

「畏《おそ》れ多い問いではございますが、ひょっとして主上《おかみ》は、御自身の所為で私が不幸になったとでもお考えなのですか?」

帝は大きく目を見開き、次いでかすかに狼狽《うろた》えた。まさに核心を衝《つ》かれたと言わんばかりの反応である。

ああ、やはりそうだった。

帝が女人の幸せに対して従来の価値観を持っているのなら、己が想いを寄せたゆえに宮仕えをはじめることとなり、結果として嵩那との結婚を諦めざるを得なかった伊子を不幸にしてしまったのは自分なのだ。それは彼のように清廉《せいれん》な人柄の持ち主には、より強い罪悪感を植えつけるだろう。

「御門違《おかどちが》いです」

きっぱりと伊子は言った。帝に対して、なかなか不遜《ふそん》な物言いである。案《あん》の定《じょう》、帝はあ然とする。その表情のまま、毅然《きぜん》と背筋を伸ばした伊子と見つめあう。

やがて帝は遠慮《えんりょ》がちに口を開く。

「しかし私に仕えていなければ、あなたは宮と夫婦になれた」

「それが私にとって幸せなことだと?」

糾明《きゅうめい》でもするかのような伊子の物言いに、帝はいよいよ訳の分からぬ顔をする。帝のこの反応を見れば、吉野での嵩那がいかに破天荒な男だったのかがよく分かる。

「いいえ」

きっぱりと伊子は言った。

「人の心も状況も、時として移ろうもの。なれば将来《さき》への不安を、現在《いま》を強いることで解消するなど所詮《しょせん》不可能なのですわ。私はいまこうして主上にお仕えすることを、この上なく幸せなことだと感じております」

迷いない伊子の主張を、帝は最初は気圧《けお》され、そのうちはっきりと困惑をにじませながら聞いていた。もしかしたら納得できていないのかもしれない。十年も伊子を思いつづけていた帝は、やはり並外れて一途な存在なのだ。

話を終えたあとも、二人はしばし見つめあった。

やがて帝は途方に暮れたように、言葉を零《こぼ》した。

「あなたが私のことをどう思っているのか、私の考えでは分からぬのだが」


それから二日経った日の昼下がり。

休みを取って承香殿の局《つぼね》にいた伊子は、簀子《すのこ》から聞こえてきた忙しい足音になにごとかと眉を寄せた。御簾《みす》の間から入ってきたのは、壺庭《つぼにわ》でそろそろ咲き終わりの山吹の花を眺めに行っていた千草だった。

「どうしたの、あわてて？」

怪訝な顔をする伊子の傍まできて膝をつくと、千草は耳元に口を寄せた。

「たったいま、新大納言《しんだいなごん》の中《なか》の君《きみ》が参内《さんだい》なさいました」

女人《にょにん》が御所に参内する場合、たいていは北門から入る。

通例に漏《も》れず、玖珠子が御所入りをしたのも朔平門《さくへいもん》であったそうだ。

話を聞いた伊子は居ても立ってても居られず、卯《う》の花《はな》かさねの小袿《こうちぎ》をひるがえして麗景殿にむかった。朱鷺子との関係性を考えれば、妻戸《つまど》を開けてもらえるとも思わない。それでも玖珠子のようすを少しでもうかがえればと考えたのだ。

そうして東西の渡殿《わたどの》の端まで来たとき、麗景殿の南簀子を歩いてきた玖珠子の姿を目にしたのだった。後ろには見覚えのある女房が数名ついてきている。その中の一人、大柄で肉感的な色香の持ち主は、以前に面識のある乳母《めのと》の但馬《たじま》だった。

蝙蝠《かわほり》をかざした玖珠子は、伊子がはじめて目にする唐衣裳《からぎぬ》姿であった。

唐衣は濃淡の紅梅色《こうばい》をかさねた今様色《いまよう》。繁菱《しげびし》の地紋に白の糸で胡蝶紋《こちょうもん》を織り出した二陪《ふたえ》織物《おりもの》。表着《うわぎ》は青磁《せいじ》色の浮織物。唐衣と同じ胡蝶紋が織り出してある。五つ衣《いつぎぬ》はすべて白で揃えており、袖口《そでぐち》から一斤《いっこん》染めのようにほんのりと淡い紅色の単《ひとえ》がのぞく。

胸元で揺れる下《さ》がり端《ば》は黒々と豊かで、若竹のようにすらりと伸びた身体《からだ》には絹糸のような黒髪がまといついている。

女になった。

自分の中でもどういう意味かも曖昧《あいまい》なまま、本能的に伊子は感じた。

十二歳と早めの裳着《もぎ》にもかかわらず、背の高い玖珠子の唐衣裳姿は驚くほどさまになっていた。彼女が一歩足を進めるたび、五色の糸を垂らした裳の腰紐が高い位置にある膝に当たってゆらゆらと揺れ動く。

姫君らしからぬ機敏な、しかし美しい足取りで簀子を歩いて来た玖珠子は、渡殿に立つ伊子に目を留めるとかざしていた蝙蝠を下ろした。ほんのりとごくわずかにだけ施《ほどこ》した化《け》粧《しょう》が、これまでの玖珠子にはなかった清潔な色香をにじませている。

うっすらと鎌首をもたげかけた敗北感をあわてて抑えつけ、伊子は渡殿の端まで歩み寄り平淡な口調で話しかける。

「こんにちは。裳着を迎えられたと聞いてはおりましたが、これはまことに惚《ほ》れ惚《ぼ》れするほどの艶姿《あですがた》でございますね」

けして世辞《せじ》ではない。きびきびした動き。透き通るようなハリのある肌。すらりと伸びた身の丈にはまだ足らぬが、これからいくらでも伸びるであろうことが分かるコシと艶のある黒々とした髪。伊子が次第に失いつつあるそれらのものは、玖珠子にとっていままさにこれから満ちようとしているものであった。

玖珠子は深々と頭を下げた。

「さようなこともございませんでしょう。まだまだ未熟者でございますゆえ、至らぬ点などございましたら、どうぞお導きください」

容貌《ようぼう》を褒められたことにかんして、玖珠子はさして嬉しくもなさそうだった。関係を考えれば、伊子がなにを言っても本気では受け止められないのかもしれない。

一瞬のぎこちない間のあと、率直《そっちょく》な疑問を伊子は口にした。

「それにしても御裳着の式は、ずいぶんと急に決まったものでございましたね」

公卿《くぎょう》の正嫡《せいてき》の姫の裳着となれば、普通は大々的に報せて大勢の参加者を募《つの》る。祝いの品も親戚《しんせき》、朝臣達《ちょうしん》からあふれんばかりに届けられるものだ。

しかし今回はあまりにも急であったため、参加はともかく祝いの品は間にあわず、後から届けることとなった者が大半だったのだという。先日訪ねてきた顕充も、玻璃《はり》の香壺《こうご》を急いで整えさせている最中だとぼやいていた。

「実は当家と女宮様の都合があう日が、この日しかなかったのです」

「確か庚申《こうしん》の夜、女宮様に招待を受けていると仰《おお》せでしたよね」

伊子の問いに、玖珠子は一瞬怪訝《けげん》な顔をした。そうしてすぐに、そういえばとでもいうように小刻みに幾度かうなずいてみせた。

その反応に、伊子は拍子抜けした気持ちになった。伊子にしてみればかなり衝撃的な告白だったし、玖珠子もそれなりに悩んでいる素振りを見せていたのに、この気のなさはどういうことだ。

「あの件ですか。実はどうお返事をしたものかと考えあぐねている間に、父上と女宮様が話をつけてしまいましたので、裳着の前にお会いすることは叶いませんでした」

別に不満でもないように玖珠子は言った。娘の裳着は両親が執《と》り行うものだから、それで普通だろう。しかし女宮は玖珠子を招待したというから、あるいは聡明と評判の彼女の噂《うわさ》を聞いて、その人となりを直々に確かめようとしたのではと伊子は思ったのだ。

（まあ父親と話した方が、てっとり早くはあるけれど……）

それにしても、玖珠子が女宮への返事を考えあぐねていたというのは意外だった。

玖珠子は女宮の本性を知らない。父である新大納言が知らぬのだからとうぜんだ。

玖珠子にとって女宮は、嵩那との結婚を後押ししてくれる彼の有力な叔母《おば》という立ち位置でしかなく、警戒するような相手ではない。

なのに、なにゆえ会うことを悩んでいたのか。それとも玖珠子らしい聡明さで、理屈ではない危険な気配を察知していたものなのか。

結果として大人達だけの取り決めで、裳着の式は執り行われたことになるわけだ。考えてみれば、それが普通のことではあるのだが。

「経緯はなんであれ、一品の内親王様に腰結役《こしゆい》をお引き受けいただくとは光栄なことでございましたね。これで中の君の評判は、さらに高まることでしょう」

心にもない言葉だが、この件で玖珠子の格が上がったことは間違いなかった。中宮や皇太后が不在の世で、女宮はもっとも高貴な女人である。その人に腰結役をしてもらったというのは栄誉にちがいない。

嵩那が彼女の裳着に参加をしたことには、敢《あ》えて触れない。

玖珠子もこれみよがしに匂《にお》わせたりしないところなどは、さすがである。もっとも嵩那の先日の反応から、裳着の式で彼が愛想よく振る舞ったとはとうてい思えなかった。ゆえに嵩那の参加が必ずしも結婚への第一歩とならぬことぐらい、玖珠子であれば承知しているだろう。

「もったいないことです」

様々な思惑を含ませた伊子の言葉をどう受け止めたのか、淡々と玖珠子は応じた。

「本日は女御様に、晴れ姿を御覧いただくために？」

「ええ、裳着の報告も兼ねて参上いたしました」

「それはよろしゅうございました。仲の良い妹姫にお会いしたら、女御様も健《すこ》やかさを取り戻されるでしょう」

こちらは探りや社交辞令ではなく本心だった。

恋敵《こいがたき》として複雑な感情を抱かれていることは承知の上で、伊子は朱鷺子という少女の清《せい》廉《れん》さと純粋さが好きだった。心弱いように言われてはいるが、純粋な気質に端を発しているると考えれば、非難する気にはとうていなれなかった。

その清らかさが帝への恋慕《れんぼ》により、次第に形を歪めてゆく。しかもその一因を伊子が担《にな》っているのだから、どうしたって心は痛む。

だから頼りがいのある妹の存在で、少しでも心が慰められればと思ったのだ。たとえその妹が、自分にとって脅威《きょうい》となりかねない相手だと分かっていても。

「そうなってくれればよいのですが」

玖珠子の表情が少し曇った。自他ともに認める仲の良い姉妹であるから、姉の不調を不安に思うことはとうぜんだろう。伊子は正面にそびえる麗景殿の建物を一瞥《いちべつ》した。しかし格子《こうし》を上げて御簾だけを下ろした中の様子は、ここからではうかがえなかった。

朱鷺子の小柄で華奢《きゃしゃ》な身体と月季花《げっきか》のような可憐《かれん》な顔を思い出すと、どうしても不安が消せない。しかし敬遠されている自分が思い悩んでも、しょせん詮無《せんな》いことである。朱鷺子からすれば、伊子が自分の心配をしているというそれだけで複雑な感情を抱くかもしれなかった。

「そういえば、尚侍《かん》の君《きみ》」

ふと思いだしたように、玖珠子が切り出した。

「庚申の後、お姉さまにお薬を届けてくださったそうですね」

「――余計なことだったかもしれませんが」

控えめに伊子は言った。

実は貝覆《かいおお》いの儀式のあと、朱鷺子に気鬱《きうつ》に効くという薬を届けさせたのだ。門前払いを食らった相手に見舞いの品を届けるのだから、やはり自分は思った以上に朱鷺子には罪悪感を抱いていると見える。

突き返されることも覚悟していたが、どう受け止めたものか儀礼的な文章ながらもきちんと礼状が届いた。

「とんでもない」

玖珠子の返答に、伊子は怪訝な顔をした。否定の言葉だったからではない。玖珠子の声《こわ》音《ね》が、鞠《まり》を蹴《け》り上げたかのように不自然に弾んだからだ。

「あの薬はたいそうよく効いたと、お姉さまはとても感謝しておられました」

姉とはいえ女御という立場の者の気持ちを表すのに、玖珠子の言葉遣いも少し改まったものになっていた。

「それはよかっ――」

「その件で尚侍の君には御礼を伝えたいと、かねてより申されておられました。ですからこのまま、私と一緒に麗景殿においでいただけませんか？」

発言を遮《さえぎ》られたうえで告げられた玖珠子の要望に、伊子は耳を疑った。

朱鷺子が自分から伊子に会いたいと言うなどと、これまでの経緯を思えば信じがたい話である。特にその口で伊子を門前払いした玖珠子などは、姉の胸中を誰よりも知っているだろうに。

「私がお伺《うかが》いして、大丈夫なのですか？」

「もちろんです。ご不安でしたら、いまから女御様にその旨《むね》を伝えさせて参りますわ」

そう言って玖珠子は、背後にいる女房に目配せをした。

これは間違いない。玖珠子、いや朱鷺子は本当に伊子を招きたがっている。

(どういうこと?)

伊子は懸命に思考を巡らせる。薬の礼だけが目的だとは思えないが、かといって他の理由も思いつかない。

こうなったらいったん乗ってみるしか、真意を探る術《すべ》はないだろう。それに気がかりだった朱鷺子の容態を目にするのにも良い機会である。

伊子は腹をくくった。

「承知いたしました。お伺いいたしましょう」

その言葉に玖珠子は、簀子《さいこ》で望む目を出したかのような快心の表情を見せた。

朱鷺子は昼御座《ひるのおまし》ではなく、御帳台《みちょうだい》の中で横たわっていた。

じわじわと暑さが増してくるこの時季は、風通しの点で劣る御帳台を避ける者も多いのだが、外では太陽の光が目に障って煩《わずら》わしいのだという。

帳《とばり》を分けて入ったほの暗い御帳台の中、玖珠子は朱鷺子の枕元に膝をつく。伊子はその反対側に、少し下がって胸元のあたりに座った。

小袖《こそで》に長袴《ながばかま》姿の朱鷺子が身体《からだ》にかけているものは、紅色の小袿《こうちぎ》だった。裏地に紫をあわせた薔薇《そうび》のかさねである。

朱鷺子は御帳台の天井にむけていた顔を、伊子のほうにと回した。

ひどくやつれているようには見えなかったが、光が乏《とぼ》しいので顔色までは分からない。

「先日いただいたお薬、まことによく効きました」

嘘をつくな、と言いたくなるほどの覇気《はき》のない声だった。

心配することはないように聞いていたが、これはけっこう深刻なのではと伊子はたちどころに不安になった。

「でしたら、またお持ちいたしましょう」

「いえ、すでに実家にて同じものを手配いたしております」

素早く玖珠子に言われ、伊子は出鼻をくじかれたように口を噤《つぐ》む。

しかし自ら手配をしているというのであれば、効果があったというのは本当のことなのだろう。薬の効果で一時的に小康を得たものの、ふたたび悪化してしまったわけか。

朱鷺子は顔の位置を戻し、いったん目をつむった。

両の手に収まりそうに小さな卵型の顔は、以前と変わらない艶《つや》がある。命を宿した雛人《ひなにん》形《ぎょう》のような可憐な外見は変わらない。

(見た目は変わらず、冴え冴えとしているけど……)

朱鷺子はふたたび瞼《まぶた》を持ち上げ、今度は玖珠子のほうに目をむけた。その表情は伊子の位置から見えないが、妹の晴れ姿に魅入《みい》っているようだった。

「思ったとおりね。凛《りん》としていて、とても美しいわ」

ため息まじりの称賛にも、玖珠子は複雑な表情のままで喜んだ様子を見せない。姉のこの不調を前にはしゃげないのはとうぜんだが、まるで余命幾ばくもない相手に対するような表情をしている。それがあまりに露骨で、かえって朱鷺子のためによくないのではと伊子は感じたほどだった。

「中の君《なかのきみ》……」

かすれるような声で朱鷺子は呼びかけた。つい先ほどに比べても、さらに声が弱々しくなった気がした。

「なんでしょう、お姉さま?」

「私にもしものことがあれば、あなたに入内《じゆだい》をして欲しいの」

思いがけない言葉に伊子はぎくりとする。

姉を見下ろしていた玖珠子の瞳が不自然なほど大きく見開かれた。やにわに玖珠子は姉の手を取り、少し口調を強くした。

「縁起《えんぎ》でもないことを、仰《おお》せにならないでください」

「そうね。でも、私には分かるの」

朱鷺子の言葉に、伊子はあ然となった。入内云々《うんぬん》ではなく、朱鷺子が自らの状態をそこまで悲観しているとは思ってもいなかったのだ。

（侍医《じい》はそこまで深刻ではないって……）

器質的には間違いなくそうなのだろう。しかし心理的にそこまで思い詰められてしまっているということなのか。

「そんなお気の弱いことを、おっしゃらないで」

玖珠子は右手で握りしめた朱鷺子の手に、自らの左手も添えた。そのまま睨《にら》みつけるように姉を見下ろす。若干《じゃっかん》芝居がかった所作《しょさ》ではあったが、強い意志は伝わった。その姿勢のまま玖珠子は、まるで叱《しか》りつけるように言った。

「なりません。こうなったら私がお姉さまを看病いたします。しばらくの間、宅には戻りませぬ。絶対にお元気になっていただきますから」

麗景殿女御の復調が思った以上に芳《かんば》しくなく、仲の良い弟姫が泊まりこんで看病することになったという話題は、伊子が口外したわけでもないのに翌日には御所中に知れ渡っていた。

その数日後。

朱鷺子の見舞いに赴いた帝は、彼女の回復ぶりにつくづく感心したように言った。

「よほど仲の良い姉妹なのであろうな」

伊子はうなずく。自身にも身近な者にも、意外なほどに姉妹関係というものが見られないからなのか、あの結びつきには驚いた。

昨年の重陽《ちょうよう》に、帝の銙《か》をめぐる盗難事件が起きた。あのさいに疑念をかけられた右近《うこん》という女房は、美貌《びぼう》に恵まれた姉と妹を持ったことですっかり卑屈《ひくつ》な性格になってしまっていた。

玖珠子は十分人目を惹《ひ》く美少女だが、それでも朱鷺子の並外れた美貌には及ばない。それを玖珠子は僻《ひが》んだことはないのだろうか？

逆に玖珠子の打てば響くような才気と何事にも動じない精神の強さは、朱鷺子のように腺病質《せんびょうしつ》な娘にとって羨望《せんぼう》に値するものにちがいない。朱鷺子のほうも妹の気質に引け目を覚えたことはないのだろうか？

いまのところ姉妹の関係は、玖珠子が一方的に姉を支えているだけである。それを違和感なく受け入れられているのは、玖珠子の度量なのか姉妹の関係の良好さゆえなのか伊子には分からなかった。

「ですが弟姫の看病の甲斐《かい》もあって、女御様もずいぶんと持ち直しておられるようです」

麗景殿の女房から伝え聞いた話を告げると、帝の表情に安堵《あんど》の色が浮かんだ。それで気を良くして、伊子はさらにつづけた。

「それゆえ弟姫はしばらく御所に留まり、女御様のお世話をなさる心づもりのようです」

「え、ならば式部卿宮《しきぶのきょうのみや》との縁談はどうなるのだ？」

不意打ちのように問われた言葉に、伊子はびくりと肩を揺らす。嵩那の立坊《りつぼう》は来月の予定だから、卯月《うづき》の間はまだ式部卿の地位にある。

心ならずも顔を強張《こわば》らせた伊子に、帝はしくじったとでもいうように一度視線をそらした。

「い、嫌みや当てこすりではない。どうなっているのかは私も存ぜぬのだ。なれど新大納言《しんだいなごん》の人柄を考えれば、女御の世話をさせるために正嫡《せいてき》の姫の結婚を遅らせるとは思えなかったので……」

明確にうろたえた帝に、伊子もあわてて首を横に振った。

「もちろん承知しております。実は私も気にはなっておりました」

それでなくともいまの嵩那のもとには、公卿《くぎょう》や殿上人《てんじょうびと》から降るように縁談が来ているという。先日の彼の言い分ではとうぶん受け入れそうにはないが、さりとて相手側も容易には引くはずがない。

だというのに新大納言のように野心にあふれる者が、裳着《もぎ》を済ませた結婚前の娘をよくもまあいつまでも御所に置いておくものだ。よもやこのまま姉の女房にするつもりなのでは、という噂《うわさ》もちらほら出ているという。

そんなわけはあるまい。高貴な姫にとって入内目的以外の宮仕えなど、結婚の障りにしかならないのだから。

しかし背に腹はかえられぬ。

「いま弟姫を無理に引き離して、万が一にも女御様の御身になにかあれば取り返しがつきませぬゆえ」

朱鷺子の妹に対する依存を目《ま》の当たりにした伊子は、半ば本気でそう思っていた。自身の予後への悲観ぶりもそうだったが、あの繊細《せんさい》な少女には生来そういう過剰《かじょう》に感傷的な部分があるのかもしれなかった。

いっぽうで依存される側の玖珠子も、やや自分に酔った大仰《おおぎょう》なふるまいだったから、ひょっとしてあの姉妹には共に依存しあっている部分があるのかもしれない。いずれにしろ新大納言にも妻の紋子にも、いまの状況は本意ではなくやむにやまれずといったところであろう。

伊子の話を聞いた帝は、顎《あご》の下に指をあてがいなにか思うような視線を彷徨《さまよ》わせる。やがてふうっと短い息を吐いた。

「新大納言も心配が尽きぬことだな」

帝がそう漏《も》らしたとき、御簾《みす》を下ろした先の簀子《すのこ》に命婦《みょうぶ》が姿を見せた。

「麗景殿に、女宮様がお見舞いに参内《さんだい》なさいました」

想像もしなかった報告に、一瞬頭の中が真っ白になった。しかし視界の端に帝が眉《まゆ》をひそめる表情が入り、思考を取り戻す。

「どういう関係だ？」

独りごちるように帝がつぶやいた。

新大納言と懇意《こんい》にし、嵩那の妻として玖珠子に狙いを定めていた女宮が、朱鷺子を見舞っても不思議はないように思う。しかし朱鷺子は、女宮が排斥《はいせき》しようと目論《もくろ》む今上の妃である。しかも復調傾向にあるとはいえ、つい最近まで枕も上がらぬほどであった。

不審が決断に変わるまで、いくばくもなかった。

「ご挨拶《あいさつ》に伺《うかが》ってまいります」

命婦の手前、様子を見てくるとはいえずに言葉を選んで立ち上がる。小さくうなずいた帝に目配せを返すと、伊子は御簾を割り裂くようにして簀子に出た。

「麗景殿に入る口実は、なんとするのですか？」

渡殿《わたどの》を進みながら千草が問いかけた。

弘徽殿《こきでん》と麗景殿を結ぶ東西に伸びる渡殿は、内裏《だいり》の中で一番距離のあるものだ。壺庭《つぼにわ》に形よく整えた前栽《せんざい》には、目にも鮮やかな新緑の若葉が生い茂っている。

千草の問いに、伊子は即答できずに渋い顔をする。使命感から勢いで出てきてしまったが、まともに麗景殿を訪ねたところで中に入れてもらえるはずもない。

前回は玖珠子の誘いにより、病床の朱鷺子を見舞うことができた。あれも考えてみれば不思議なことだった。なにしろその前の見舞いでは、玖珠子こそが伊子を追い払った張本《ちょうほん》人《にん》だったのだから。

帝の想いが誰にあるかを考えれば、伊子が見舞ったところで朱鷺子の容態は悪化しかねない。それは確かに筋がある。ならば前回はなぜ、伊子を敢《あ》えて朱鷺子に会わせるような真似《まね》をしたのか。しかもとうてい改善していたとは思えない状態だったのに。

(身体《からだ》よりも精神が、だけどね)

　玖珠子がついたことでずいぶん落ちついたように聞いているが、あの腺病質な朱鷺子と女宮が対峙《たいじ》するところなどまったく想像ができない。なにが目的かは分からぬが、稀代の女傑《じょけつ》であり策士でもある女宮によって、朱鷺子に与えられるやもしれぬ痛手を想像するだけでぞっとする。

　それを考えれば、遠慮《えんりょ》などしていられない。

「いざとなったら主上《おかみ》のご命令だとして、強引に押し入るだけよ」

「亭主の浮気の現場に押し入るかのようですね」

　鼻息荒く語る伊子に、笑いながら千草が返した。あまり一般的でもない喩《たと》えだが、おそらく千草には一度や二度の経験があるのだろう。なにせ四度の離婚経験があるのだから。

　そのまま渡殿を突き進んでいると、麗景殿の簀子に女房の立ち姿が見えた。

　緑衫《ろくさん》の唐衣《からぎぬ》に薄色の表着《うわぎ》をつけたその女房は、玖珠子の乳母・但馬であった。

　但馬は近づいてくる伊子に、なんら驚いたようすもなく一礼する。大柄で肉感的な体軀《たいく》に、ぽってりと濃くかさねた紅がなんとも婀娜《あだ》めいている。

「お待ちしておりました」

　怪訝《けげん》な顔をする伊子にむかい、但馬は人差し指を自身の唇の前にそっと立てた。声を上げるなということらしい。

警戒をしつつ伊子が簀子に上がると、但馬は声をひそめた。

「必ずお出でになられるだろうと、姫様が申しておられました」

但馬が言う姫様とは、もちろん玖珠子である。

なぜというべきか、さすがというべきか、伊子の訪れをすでに予見していたらしい。

伊子は御簾が下がった殿舎を見た。ここから姿が見えないということは、女宮はすでに中にいるのだろう。

廂《ひさし》の間か、あるいは昼御座《ひるのおまし》まで招かれているのか。それとも朱鷺子の容態次第では、伊子と会ったときのように御帳台《みちょうだい》の中で話をしているのかもしれない。

「どうぞ。ご案内いたしますわ」

但馬が腹の前で組んでいた右腕を、蝶が羽根を開くように動かした。唐衣の大袖《おおそで》が風に吹かれた葉のようにばさりと音をたてて揺れた。

「ありがとう」

ひそめた声での礼は、但馬には聞こえなかったようだ。彼女はくるりと踵《きびす》を返し、そのまま簀子を進んでいった。

ぐるりと簀子を迂回《うかい》し、奥の妻戸《つまど》から東廂《ひがしひさし》に入った。

南北に長い麗景殿は、弘徽殿とは逆で西側に孫廂《まごびさし》がある。昼御座は西廂《にしびさし》にむかって設《しつら》えられており、東廂は言うなれば裏手である。

見覚えのある朱鷺子の女房が幾人か控えていたが、但馬は彼女達になど目もくれず、まるで我が家を行くかのように進んでゆく。養い君と同じで肝《きも》が据わっているようだ。あるいは彼女に育てられたからこその、玖珠子のいまの胆力《たんりょく》なのかもしれない。

「こちらに……」

声をいっそう低めて、但馬は母屋《もや》に通じる襖障子《ふすましょうじ》を開いた。

昼御座を裏からのぞく形になるのだが、まず目に飛び込んできたものは、四枚綴《よんひらつづ》りの大型屏風《びょうぶ》の裏側だった。

その端には、こちらには背をむけて玖珠子が座っていた。

なにをどう言ったものか戸惑ったが、但馬に促されて彼女の傍まで歩み寄る。近づいてみると玖珠子は屏風からわずかにずれた位置に座っており、その前には少し斜めに向けた几帳《きちょう》が置いてあった。玖珠子はそのほころびから昼御座をのぞいているのだった。

「中《なか》の君《きみ》……」

かすれるような声で呼びかけると、玖珠子は目を据えたまま、ここに座ってとばかりに自分の真横の床をとんとんと叩いた。

伊子は千草にいったん席を外すように言った。場所や雰囲気《ふんいき》からして、可能なかぎり気配を殺したほうがよい気がしたからだ。そのためには人数は少ないほうがよい。多少不満げではあったが、千草は黙って但馬とともに引っ込んでいった。

伊子は音を立てないようにして、玖珠子の横に並んだ。

ほころびの先に、こちらに横顔をむけている女宮がいた。

ぎくりとして玖珠子を見るが、彼女はにらみつけるような眼差《まなざ》しを母屋に向けたままで伊子には一瞥《いちべつ》もくれない。

「――ですが、人伝《ひとづて》に聞いていたよりもお元気そうで安心致しましたわ」

女宮の声が響いた。上品でなめらかで、なのにどこか作ったようなわざとらしい物言いだった。ここからでは見えないが、場所と女宮の目的を考えれば向かい側には朱鷺子がいるのだろう。他の女人《にょにん》であれば廂の間に通して昼御座から会話をするのだろうが、一品の内親王を見下ろすのはさすが無礼である。その結果、女宮を昼御座に席をあげて二人でむきあう形を作ったと見える。

「はい。これも妹がよく尽くしてくれたおかげです。今日も私のために、清水寺《きよみずでら》に願掛けに行ってくれております」

可憐《かれん》な口調で堂々と告げられた嘘に、伊子は思わず隣の玖珠子を見る。横顔は眉《まゆ》ひとつ動いていない。なにが清水寺だ。一間も離れていない場所に座っているではないか。そう心の内で叫んだあと、ふと思いつく。

（ひょっとして、女御には出かけると言ってここにひそんでいるのかも）

この娘ならありうるどころか、むしろその可能性が断然高い。そもそもあの朱鷺子が女宮に対し、あれだけ堂々としらを切れるとは思えない。

「確かに中の君はしっかりした姫君でしたね。裳着《もぎ》ではじめてお会いしましたが、すっかり好きになってしまいました。私に孫娘でもいれば、あのような気持ちだったのかと感じ入りましたのよ」

「妹に伝えておきます。きっと喜ぶでしょう」

「ところで中の君は、まだしばらくこちらにご滞在予定で？」

朗《ほが》らかに答える朱鷺子に、まるで隙《すき》をつくように女宮が切りこんだ。質問自体は取りたてて攻撃的なものでもないが、その物言いにはなにか含んだ気配があった。

隣の玖珠子をちらりと見ると、ひどく不快な顔をしている。参内をしたときにも少し感じたが、女宮に対してなんらかの屈託があるように思える。もしや裳着でよほど気にさわることでも起きたのだろうか？　しかし女宮の話しぶりを聞いているかぎりそうとは考えにくい。

女宮の意味深な言動に気づいているのかいないのか、朱鷺子は変わらず品の良い声音《こわね》で応じる。

「どうやらそのつもりでいてくれるようです。私も妹が傍にいてくれると、心強くて気持ちが明るくなりますわ」

「確かに。見ているこちらまで力強くなるような、そんな才覚のある姫だったわ」

一度同調しておいてから、女宮はふっと口を噤《つぐ》んだ。

祖母と孫ほどに年の離れた、高貴な二人の女人の間に不自然な間が生じる。

「だからこそ一門のためにも、あのように優れた姫君をいつまでも女御様のもとに留まらせておくわけにもまいらぬのではありませぬか？」

物言いは柔らかだったし、言っていることは正しい。

しかし双方の関係性を考えれば、まさに余計なお世話でしかない。おそらくはそれが分かっているからこその、女宮のこの物言いなのだろう。

朱鷺子からは、すぐに返答はなかった。あんがい、とっさになにを言われているのか分からなかったのかもしれない。普通に考えて差しでがましい。親でも夫でもない相手になぜそんなことを言われなくてはならぬのかと、怒るよりもあ然とするほうが先であろう。

「ごめんなさいね。余計なことを言って」

自覚はあるとみえて、女宮は猫撫《ねこな》で声《ごえ》を出す。

「けれど女御様もご存じでしたでしょう？　私の甥《おい》・式部卿宮《しきぶのきょうのみや》と中の君の間に、縁談が進んでいたことは」

「その話は、いったん取り下げたと聞いております」

朱鷺子の答えに、伊子は単純に驚く。あわてて隣の玖珠子を見るが、彼女の横顔に変化はない。問い詰めてみたいが、几帳のむこうにいる女宮の存在を思えば、ここで声を出すこともできない。

「あなたのお父様からそのようにお聞きして、叔母《おば》として愕然《がくぜん》としたわ」

「私が頼りない所為《せい》で、妹には迷惑をかけてしまいました」

帳のむこうから聞こえる朱鷺子の声は、あからさまに沈んでいた。

伊子は耳を疑った。つまり朱鷺子の世話をさせるために玖珠子の縁談を止めたということである。正嫡《せいちゃく》と庶出《しょしゅつ》ならともかく、同胞《はらから》の姉妹でそんなことがあるものなのか。

（どういうつもりなの？）

新大納言《しんだいなごん》夫妻に対してなのか、玖珠子なのか朱鷺子に対してなのかも分からず、ただ伊子はそれだけを思った。

「よくないわ」

　女宮は言った。

「中の君のように優れた姫君に、あだやおろそかな婿など迎えられません。身内の私が言うのも気恥ずかしくはありますが、その点で式部卿宮以上の婿はおりませぬよ」

「それはもちろん承知いたしております。ですから妹の結婚はあくまでも延期で、私もそれでよいと思っております。なにしろあの娘はまだ十二歳なのですから、四、五年後に考えてもいっこうに問題はないかと——」

「よくないわ」

　女宮は同じ言葉を繰り返した。心持ち先ほどよりも口調が強くなっている気がした。

「東宮冊立《さくりつ》が決まって以来、宮に数多《あまた》の縁談が舞いこんでおります。その中には右大臣《うだいじん》の姫君のような権門《けんもん》の姫君もいらっしゃいます。遅れをとっては、その方達に正室の座を奪われてしまいますよ」

　実は右大臣は子だくさんである。正室の敬子《いっこ》との間には、桐子も含めて四人。他に庶出の子が何人かいたはずだった。そのうちの誰かとの縁談が進めば、玖珠子は側室の立場に甘んじかねない。

女宮に、右大臣と手を結ぶという選択肢《せんたくし》はないだろう。なにしろ長女の桐子が今上の一の宮をもうけている。もちろん将来的に朱鷺子が男児を産む可能性はあるが、実際に西朝系の外孫を持つ右大臣を、東朝側に取り込むことは容易ならざることだ。

女宮は、なんとしてでも玖珠子を嵩那と結婚させたいのだ。その為に〝手を引く〟など心にもない嘘までついた。嵩那と斎院から伝え聞いたあの言葉が、絶対に偽りであることは、ほころびの先の女宮の横顔を見ればすぐに分かる。そんな諦めの境地に達していたのなら、わざわざ御所まできて面識もろくにない朱鷺子の説得にあたるはずがない。

朱鷺子はしばらくなにも言わなかった。なにも言えなかったのかもしれない。彼女の気質ではそれもいたしかたない。品の良い語り口調で、密やかに相手をがんじがらめにする女宮のやり方は、細い糸で丁寧《ていねい》に巣を巡らせる蜘蛛《くも》に似ている。

「せっかく権門の家に生まれていらしたのです。私のような内親王とはちがい、中の君には妻となり母となり、やがては祖母となる権利をお持ちですわ。そのような幸運をみすみす手放させてはなりませぬよ」

本人が意識しているか否《いな》かはともかく、さらりと自分の立場を引き合いに出したところに女宮の強烈な鬱屈《うっくつ》が表れている気がした。以前にも彼女は、結婚がほぼ許されない内親王という立場を〝甲斐《かい》がない〟と言っていた。

「心細くはございましょうが、ここは妹君の幸せを第一に考えてさしあげるべきかと。さしでがましくはありますが、私から頼りともなる気の利《き》いた女房を手配させていただいてもよろしゅうございますわ」

江式部《ごうのしきぶ》の件が記憶に新しい伊子には、胡散臭《うさんくさ》いとしか言いようがない提案だった。

そのあとも女宮は、まるで自身の鬱憤を放出するかのように饒舌《じょうぜつ》に説得をつづける。しかしあまりにも長引くと、さすがにいったん途切れてしまった。

すると、まるでそのときを待ちかねていたように朱鷺子が言った。

「では女宮様は、ご自身のことを不幸だとお考えなのですか？」

細く可憐な声で告げられた一言に、女宮の横顔が露骨に強張《こわば》った。

内親王の結婚が困難になった大きな要因は、権門の娘達が帝の妃の座を独占するようになったからだ。その典型的な存在の朱鷺子からこんなことを言われれば、女宮でなくとも立腹する。

感情を静めるために僅《わず》かに肩を落としたあと、声を抑えながら女宮は言った。

「女御様のように、お若い方にはまだお分かりにならぬやもしれませぬね。結婚を許されぬ女の虚《むな》しさと辛《つら》さが――」

「結婚も辛いです。お慕《した》いする方の寵愛《ちょうあい》を独占できずに誰かと分かたなければならぬことには日々虚しさばかりが積もり、かならず男児を産めと自分ではどうにもならぬことを望まれるのは息が苦しくなるほどに辛いことです」

手厳しい反撃のわりには、朱鷺子の物言いは常と同じであった。おっとりと淑《しと》やかで毅《き》然《ぜん》としていない。腹をくくった反論ではなく、彼女からすれば愚《ぐ》痴《ち》を吐《と》露《ろ》するような気持ちだったのかもしれない。

「ですから私は、妹が自分の意志で結婚を保留にしたことを良しと考えております」

朱鷺子の言葉に、女宮は虚を衝《つ》かれたようになる。

その表情で伊子は悟った。女宮が結婚により生じる女人《にょにん》の不幸のあらゆるを、端《はな》から軽んじていたことを――。

出来事そのものは、女宮のように聡明な者に想像できないはずはなかった。

だが彼女はそれを些《さ》細《さい》なこととして捉えていた。世間並みの生き方を許されなかった自分の不幸にはあれだけ敏感であったくせに。

「――馬鹿にしないでよね」

玖珠子が低くつぶやいた。

伊子は目を円くする。玖珠子は唇を尖らせ、女宮をにらみつけている。

女宮との顔合わせにかんして問うたとき、どうにもすっきりしなかった玖珠子の態度がすべて腑《ふ》に落ちた。

玖珠子は怒っていたのだ。

いったんは面会を求めておきながら、自分を抜きにして父親とだけ話しをして縁談を決めてしまった女宮の傲慢《ごうまん》さに。

これが親だけで決めたことなら世の常識として仕方がないと諦めもつくが、他人である女宮にこんな扱いを受けることは耐えがたい。

いまだ呆然《ぼうぜん》としている女宮の横顔に、伊子は思った。

(しくじりましたね)

女として生まれたことを誰よりも歯痒《はがゆ》く捉えていた女宮が、いつのまにか女の怒りや苦しみを見くびっていたのだ。

女宮は自分の幸福を阻んだ権門の娘、それどころか己以外の女はすべて思考など持たないと無意識のうちに思ってしまっていたのだ。彼女達が父親や夫から課された過酷《かこく》な責務を、安穏《あんのん》どころか幸福なこととして受け入れていると考えていたのだろう。

男の理に抗う、聡明な女人によくいる。

女は憐《あわ》れで不幸で、だがそのこと自体に気づかないほど愚かな生き物。安穏な場所を与えてやれば、猫のように綱《つな》でつながれても不満は持たない。その中で自分だけがちがう孤高な女だと、そんな歪んだ選民意識を持った結果がこの失態なのだ。

とつぜん玖珠子が声をあげた。

「女御様。侍医《じい》が参りました」

やけに気取った物言いに、呆然としていた女宮はわれに返ったように目を瞬かせる。声を聞いただけで分かるほど、女宮は玖珠子と接していない。最初の招待を、自ら反故《ほご》にしてしまっていたから。

「すみません、治療を受けなくては」

婉曲《えんきょく》に退出を促され、女宮はしばし身を固くする。やがて周りからの無言の圧に負けたかのように、ぎこちなく立ち上がった。


女宮が殿舎を出たという女房の報告を聞くなり、玖珠子は几帳《きちょう》をずらした。帳を上げたのではなく、几帳そのものを抱えて移動させてしまったのだ。そのおかげで一部しか見えなかった昼御座《ひるのおまし》の光景が、伊子の目にも明らかになった。

先程まで女宮が座っていた向かい側には、脇息《きょうそく》に肘をのせた朱鷺子が座っていた。小袿《こうちぎ》は杜若《かきつばた》のかさね。淡い萌黄《もえぎ》の裏に淡い紅梅《こうばい》をあわせた、初夏にふさわしい爽《さわ》やかで可憐《かれん》な彩《いろど》りだ。

玖珠子はまるで男童《おのわらわ》のような所作《しょさ》で、朱鷺子のもとに走り寄った。裳着《もぎ》を済ませた姫君としては、とうぜんながらふさわしくない。

「お姉さま、ありがとう」

言うなり玖珠子は、朱鷺子に抱きついた。小柄で折れそうに華奢《きゃしゃ》な朱鷺子が押し倒されやしないかとはらはらした。

しかし伊子の懸念《けねん》とはうらはらに、朱鷺子はしっかりと体幹を保って、自分より背の高い妹を受け止めた。右腕を回してぽんぽんと背中を叩く。

「さすがに緊張したけど、うまく運べてよかったわ」

朱鷺子の言葉に、伊子はあ然とする。

興奮が冷めたのか姉妹は抱擁《ほうよう》を解き、二人揃って伊子を見た。新大納言《しんだいなごん》自慢のうら若き美少女姉妹が、天女のような微笑《ほほえ》みを浮かべている。

目の前の朱鷺子は、どう見ても病篤《あつ》くには見えない。そう考えてみれば先日の玖珠子とのやり取りも、やけに芝居がかっているとは思っていたのだ。

つまり朱鷺子の病は、玖珠子が女宮に報復するための仮病だったのだ。

怒りを堪えるため、伊子は深く息を吐いた。

「主上《おかみ》は、女御さまの御身を案じておられましたよ」

「……それは申し訳なく思っております」

朱鷺子は肩をすくめ、華奢な身体《からだ》をいっそう縮こまらせた。非は明確にむこうにあるのに、なぜかこちらが苛《いじ》めたような気持ちになるのは理不尽である。

「ですが私をいつも助けてくれる妹を、たまには姉らしく助けてあげたかったのです」

仮病のどこが姉らしい行動なのかと激しく突っ込みたかったが、相手が玖珠子ではなく朱鷺子だったので耐えた。下手《へた》に強いことを言って、また気に病まれたら困る。それでなくとも伊子は朱鷺子に対してずっと負い目がある。だから彼女の可憐な容貌《ようぼう》もあいまって苛めたような気持ちになってしまうのだろう。

とりあえずこの姉妹は、伊子が懸念した一方的な依存関係ではなかったようだ。

帝を恋い慕うあまり臥《ふ》したことさえある朱鷺子が、よもや妹の為に帝を欺《あざむ》くとは誰が想像しただろう。

（やっぱり同胞の姉妹だわ……）

半ば呆《あき》れつつ伊子は思った。帝を欺いたといっても、そこまで責めることではないのかもしれない。この場では絶対に言えないが、帝も朱鷺子の神経の細さに少々うんざりした感があったようだから、これぐらいのほうが心強い。これから先を共に過ごしてゆくことで、そのうちたがいの本音に気づくであろう。

しかし帝はそれで良いが、娘の身を本気で案じていた新大納言夫婦は気の毒だ。仮病だと知ったら安心はするだろうが、そのぶん怒りもひとしおだろう。

「お父上は本気で心配なさっておられましたよ」

「父は存じております」

朱鷺子ではなく、玖珠子が言った。

伊子は耳を疑った。

急な展開で頭が回っていなかったが、玖珠子が女宮を袖《そで》にしたというのは、つまり嵩那との結婚を反故にすることになる。まさか女宮に対する怒りだけで、玖珠子は嵩那への想いを断ち切ってしまったというのか。しかも新大納言が納得しているというのは、いったいこの家族になにが起きたのだ。

「私はいまでも、宮様が好きですよ」

まるで伊子の心を読んだかのように、玖珠子が言った。

「だって嫌いになる理由はありませんもの」

伊子は舌打ちをしそうになった。まったくこの娘の鋭さはどうしたものだ。記されたものを読むように、伊子の疑問を的確に言い当ててくる。

しかし感心ばかりもしてはいられず、伊子は問い直した。

「ではなぜ女御さまに仮病を装わせてまで、宮様との縁談を取り下げようとなされたのですか？」

つまりは、こういうことだ。

朱鷺子の平癒《へいゆ》のために玖珠子の支えが必要で、そのためにいまは結婚をすることができない。そう説明すれば、とつぜんの求婚取り下げにも世間は納得するだろう。同じように娘の婿にと望んでいた他の貴族達は胸を撫《な》でおろす。嵩那に至っては、もともと気乗りしていなかったのだから万々歳《ばんばんざい》だ。

この件が公になれば驚く者は多いだろうが、慌てるのは女宮だけである。

現に新大納言からその旨《むね》を伝えられ、原因となった朱鷺子を説得しようとやってきたのだから。娘の容態を心配する親にあまり強い反論をしては、のちのちの付き合いにも障りが生じる。

しかしなぜ玖珠子は、嵩那との縁談を留まる気持ちになったのか。いまでも嵩那が好きだと、その口で言っておきながら。

「縁談を取り下げたくなった理由は、宮様の所為《せい》ですわ」

抑揚《よくよう》無く玖珠子は言った。ふてぶてしいようにも、動揺《どうよう》を悟られぬようにしているとも受け止められた。

怪訝《けげん》な顔をする伊子に、玖珠子はつんと顎《あご》をそらす。

「庚申《こうしん》の夜。貝覆《かいおお》いの場で宮様が私におっしゃったことを覚えておられますか?」

あいにく、すぐには思い浮かばなかった。

ほんのしばし記憶を揺り戻してから、やっと思いだした。

――あなたには、もっと新しいものがふさわしい。

浜木綿《はまゆう》の出貝《だしがい》を渡すことに躊躇《ちゆうちよ》を見せた玖珠子に、嵩那はそう促したのだ。

先日の尚鳴と蔵人頭《くろうどのとう》のやりとりを思いだす。人は誰しも若いうちは、年を取るということにあまりにも鈍感だ。あの思慮《しりよ》深い帝でさえそうだった。

「これから宮様が、老いていかれることを憂慮なされたの?」

「もちろん、その心配も多少はありますが――」

正直に言ってのけたあと、玖珠子はしばし口をつぐんだ。口許《くちもと》に指を当て、視線を上下させた。自分の考えを表す言葉を探しているかのような所作であった。そうやってしばらく時を費《つい》やしたあと、決めたとでもいうように指を離す。

「私、あまり早いうちに〝比翼連理《ひよくれんり》〟とか〝琴瑟《きんしつ》〟だとかの言葉を口にする人って、男も女も嘘くさい気がするのです」

「そういうのって十年、十五年を共に過ごして、夫婦としての実績を作ってからはじめて口にできる言葉じゃないですか」

「……はい？」

賢《さか》しらに告げられた屁理屈《へりくつ》に、伊子は呆れかえった。結婚するときの常套句《じょうとうく》でもあるそれらは、あくまでも願望で別に誓約ではない。などと反発しながらも、ませた発言の中に潜む真理の存在には伊子も気づいていた。

未来を断言することなど誰にもできない。

一生あなただけを愛する。生涯《しょうがい》あなた一人だけを守る。そんな未来への誓いを軽々しく口にして、あるいは求めることになんの意味がある。生涯にわたる人間関係は、その瞬間の情熱ではなく誠実な日々の積み重ねによるものなのだから。

「ですから、もう少し様子を見てみたいと思ったのです」

随分《ずいぶん》と高飛車《たかびしゃ》な言いようだが、若い玖珠子にはその余裕がある。

「自分のお気持ちを？　それとも宮様の変化を？」

「両方です」

伊子の問いに、きっぱりと玖珠子は答えた。

そうだろう。女人《にょにん》として二十二歳ならともかく十二歳で未来に焦る必要はない。これから人生の盛りを迎えようとしている人間には、考える時間はもちろん、たとえ誤ったところでそれをやり直す時間はたっぷりあるのだ。

伊子は眩《まぶ》しいものを見るように目を細めた。

「そうは申しましても、いま宮様を好きだという気持ちには間違いないので迷いはしたのです。されど女宮様の横暴のおかげで冷静になれました」

「……横暴ね」

伊子は苦笑を漏《も》らした。あの人にもそれなりに辛《つら》いことがあるのだ。あなたのような若い人には分からないでしょうけれど――玖珠子の胆力《たんりょく》に感服しつつ、なぜか女宮をかばう気持ちが伊子の中に芽生《めば》えていた。

一瞬過《よぎ》るように思っただけで、端《はな》から口にするつもりはない。

多少共感する部分があったところで、伊子にとって女宮は敵でしかない。そんな情はこれからさらに激しくなるであろう戦《いくさ》の妨げにしかならないのだから。

玖珠子という手駒《てごま》を失った女宮が、次にどんな手を駆使するのか想像ができない。迎えうつ側の伊子には、こんな小娘達の 謀《はかりごと》 にかかわっている暇はないのだ。

しかし気になることがひとつあった。

「よくお父上が、縁談の取り下げを了解してくださいましたね」

玖珠子の逆鱗《げきりん》に触れた女宮の横暴だが、おそらく新大納言からすれば大したことではないはずだ。そもそも玖珠子の意向を無視して、もろもろを取り決めたのは新大納言も同じである。ただ彼は女宮とちがって、父親というその権利を持つ立場にあった。

野心家の彼が、あんな理由で娘が縁談を嫌だと言ったところで承知するとは思えなかった。確かに世の中には娘に甘い父親は珍しくもないし、玖珠子や朱鷺子の語りようを聞いていると、新大納言はけして強権的な父親ではなさそうではあるが。

伊子の問いに玖珠子は、よくぞ聞いてくれたとばかりの得意げな笑みを浮かべる。

「はい。名案を思いつきましたので」

「名案？」

どんなことだかまったく思いつかないが、いい予感だけはまったくしない。

不審げな顔をする伊子に、玖珠子は勝ち誇ったかのように言った。

「すぐに、お分かりになりますわ」

釈然としないまま、伊子は麗景殿を出た。

一緒に来たはずの千草の行方《ゆくえ》を訊くと、事が深刻かつ長くなりそうなのでいったん承香殿に戻って行ったということだった。

確かにあまり親しくもしていない麗景殿、並びに玖珠子の女房達と一緒に待機させられるのはきつかろう。実際まあまあ長くなっていたから、そうしてくれたほうが伊子も気が楽である。

渡殿《わたどの》を進んでいると、左手に見える承香殿から千草が出てきた。頃合いをみて迎えに来たものと、伊子は手を振るように扇《おうぎ》をさっと挙げる。

「姫様！」

伊子の姿を目に留めるなり、千草はけっこうな勢いで駆けだした。重い唐衣裳《からぎぬも》で走り抜けられるようになるなど、自分も含めて慣れというのは本当にすごい。

長袴《ながばかま》と単《ひとえ》の裾《すそ》をひるがえして走り寄ってくると、肩で息をしたまま千草は言った。

「姫様と式部卿宮《しきぶのきょうのみや》様の関係が、御所中に知れ渡っております」

第二話
生涯、お傍においてくださいませ

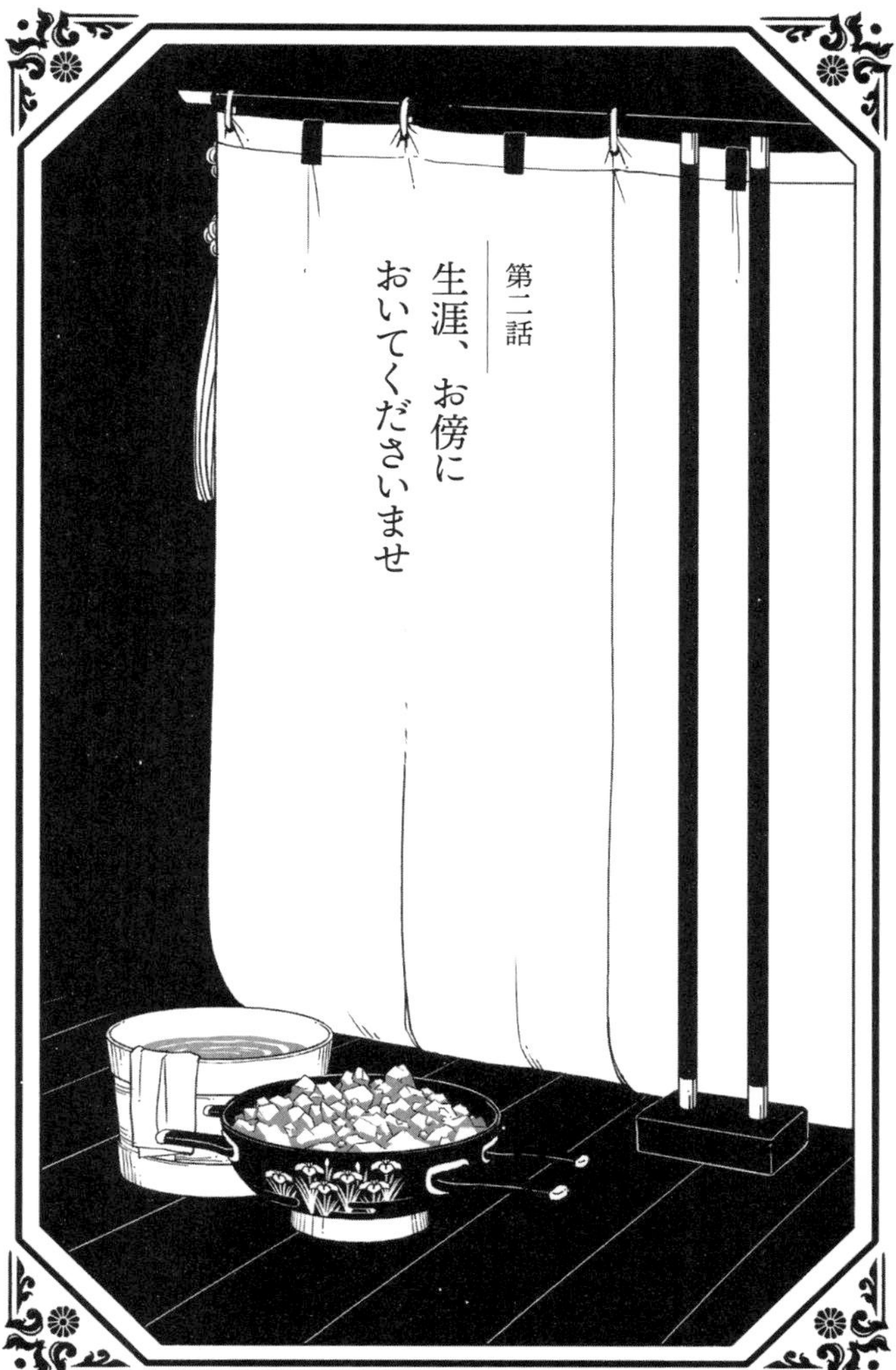

「実は私、以前からそうではないかと思っておりました」

台盤所《だいばんどころ》に入るなり、伊子《かのこ》は瞬く間に女房達に取り囲まれた。

興奮する彼女達の中にあって、もっとも遠慮《えんりよ》がなかったのは沙良《さら》である。なにが得意なのか鼻高々に彼女が口にしたのが、先刻の台詞《せりふ》であった。五節舞《ごせちまい》騒動の縁もあり、この少女は同輩の女房達より伊子や嵩那《たかふゆ》との距離が近かった。

「言われてみれば、お二人は頻繁《ひんぱん》にお話しをされておいでてしたものね」

「ですが左大将《さだいしよう》様や別当様の訪れに紛れて御越しになられていたから、不思議には思いませんでした」

「本当に、まんまとごまかされましたわ」

女房達はおろか女嬬《にようじゆ》達までもが、伊子本人を前にしても一切遠慮がない。いったいこれはどう対応したものかと、上司《かみ》としても当事者としても伊子は悩んだ。ちなみにだが、ここに来る前に寄った内侍所《ないしどころ》も似たような騒ぎ方だった。

「それで、いつからのお付き合いなのですか?」

「尚侍《ないしのかみ》様が御出仕を始められたのは、一年前でしたよね」

「そうそう。卯月《うづき》でしたからちょうど一年ですよ」

「あ、ひょっとして昨年の呪詛《じゆそ》騒動が切っ掛けですか?」

「そういえば相撲節会《すまいのせちえ》のときは、かなり親しくしていらっしゃいましたよね」

もはやなんの件をさしているのかも分からぬのだが、確かに後宮で起きた数々の騒動の解決には、嵩那にたびたび力になってもらっていた。それこそ女宮がかかわってくる以前から。

女房達は二人の十年前の交際を知らない。ゆえに伊子達が後宮で一から関係を築きあったと考えているようだった。かたや次期東宮《とうぐう》たる二品の親王。こなた左大臣《さだいじん》家の正嫡《せいてき》の大姫という釣り合いの取れた身分はもちろん、女の方が三歳上というのも彼女達にとって肝《きも》だったようだ。

(ほんと、すごい食いつきよう……)

ある程度予想はしていたが、これは想像以上の反応だった。

それにしても宮仕えをはじめてまだ一年しか経っていないという指摘には、自分でも驚いた。人生で一番長い期間を過ごしている印象すらあるというのに、それだけ濃度の高い時間を過ごしているということなのだろう。

「なるほど。それで新大納言《しんだいなごん》は、縁談を取り下げたのですね」

「そりゃあ左大臣の大姫がお相手では、敵《かな》いませぬものね」

政治的に危うい問題にも平然と切りこめるのは、政《まつりごと》にかかわらぬ女房の気楽さ故だ。

これが男性の官吏《かんり》なら、皇統をめぐって二分している朝廷で迂闊《うかつ》な発言はできない。

女房達が黄色い声を上げる中、とつぜん誰かが鼻をすすりあげた。

「では尚侍様、辞めちゃうのですか?」

泣きそうな声で尋ねたのは、最年少の下臈《げろう》・備前《びぜん》である。

沙良と一緒に宮仕えをはじめたこの少女を、十二歳という幼弱さもあり、伊子はなにかと気にかけてやっていたのだ。

「辞めないでください。尚侍様がおられなくなったら寂しいです」

撫子《なでしこ》色の袖口《そでぐち》から見える、小さな拳が震えていた。もはやぐずりはじめた備前を、間近にいた女房があわてて叱咤《しった》する。

「子供みたいなことを言うのはおやめなさい。尚侍がお困りになるわ」

「そうよ。結婚という吉事なのだから、祝ってさしあげないと」

「私は辞めません」

きっぱりと言った伊子に、備前を慰めていた女房達は一様に動きを止めた。

「私は今上《きんじよう》にお仕えする尚侍です。只《ただ》の親王や公達《きんだち》ならともかく、東宮妃になどなるはずがありません」

この伊子の発言に、女房達は一様に煙《けむ》に巻かれたような表情をした。

相思相愛で身分違いでもないのに結婚をしないという選択は、特に若い女房達には信じがたいものであろう。女房達だけではなく、公卿《くぎょう》達をはじめとした朝臣《ちょうしん》達もそうだ。だからこそ新大納言は、早々にこの東宮妃の争いから降りてしまったのだ。彼は伊子と嵩那が結婚するものと疑わなかったのだ。

「さすが、悪尚侍様！」

歓喜の声をあげたのは沙良である。

「そうですよ。尚侍様が東宮の女御となって、小袿《こうちぎ》姿で優雅に脇息《きょうそく》にもたれているところなんて想像もできません。唐衣裳《からぎぬも》の重さをものともせず、鎌鼬《かまいたち》のように機敏に動いてこそ私達の尚侍です」

色々と失礼で突っ込みどころもある発言だが、本人は褒めているつもりのようだ。そもそも鎌鼬は、機敏というより危険と称するべきである。

無邪気に喜ぶ沙良と備前とは対照的に、年長の女房は釈然としない顔をしている。

「ですが、宮様は？」

「そうですよ。宮様はなんと仰《おお》せなのですか？」

宮仕えの経験が長い者達だけに、二人の関係が及ぼす影響を認識しているのだろう。ごく親しい者をのぞけば、宮中の者達は嵩那が東宮を喜んで引き受けたと思っている。その考えであれば、嵩那はなんとしてでも伊子を妻として、左大臣の加勢を取り付けようとしているると考えるだろう。

しかし伊子は、その件について話すつもりはなかった。吉野《よしの》で確かめあった自分達の気持ちと決意が、一般的な観念と大きく隔《へだ》たりがあることは分かっている。それを理解してもらおうとすれば、よほどの根気と時間をかけての説明が必要だ。そもそもそれだけの労を費《つい》やしても理解を得ることは難しいかもしれない。

この状況において、そんな暇はない。どうかわそうかと考えていると、どこからか勾当内侍《こうとうのないし》が入ってきた。彼女は一目して状況を察したようだった。

「あなた達、おしゃべりはそのあたりにしてそろそろ仕事を進めなさい」

その一言で伊子を取り囲んでいた女房や女嬬達は、蜘蛛《くも》の子を散らすようにそれぞれの持ち場に戻って行った。声を荒げたわけでもないのに、さすがの貫禄《かんろく》である。

ほっと胸を撫《な》でおろした伊子の傍に、勾当内侍が近づいてきた。

「どこもかしかも、朝からこの調子ですわ」

「迷惑をかけるわね」

「いいえ。それに私はとうから気づいておりました」

「……でしょうね」

ついつい苦笑が漏《も》れる。沙良がひそかに疑っていたぐらいだから、勾当内侍が気づかぬはずがないのだ。

勾当内侍のような者はあんがい多いのだろう。あれで実は恋愛事に鋭い実顕《さねあきら》はいつのまにか気づいていた。左近衛大将《さこのえのたいしょう》ははっきりと鈍いが、嵩那とあれだけ親しいのだから多分気づいていたはずだ。

けれど彼らは、全員気づかないふりをしてくれた。二人の恋が発覚したさいに及ぶ影響を懸念《けねん》してくれたからだ。はじめのうちは帝《みかど》の伊子への求愛。そしていまは、東西両朝の対立への影響。それらを懸念して、彼らは好奇心を抑えて大人の対応をしてくれていたのだ。

（だというのに、あの小娘が！）

ふと思いだして、怒りで拳が震えた。

小娘というのは、もちろん玖珠子《くすこ》のことだ。左大臣の大姫、帝の尚侍とも思えぬ乱暴な言葉だが、心の内で言うだけだからなにも問題はない。

新大納言を説得するための妙案とは、伊子と嵩那の関係を明かすことだったのだ。

公卿が嫡出《ちゃくしゅつ》の娘を結婚させるのに、相手が帝である場合をのぞけば側室という立場は考えられない。しかし婿たる男が娘より身分の高い女を妻にしたのなら、結果としてそうならざるを得ない。先に結婚していたところで、身分の低いほうが正妻の座を追われる例など枚挙《まいきょ》に遑《いとま》がない。

その点で、内覧の権利を持つ左大臣の大姫・伊子に対抗できる女人《にょにん》はいまの世にはいない。無理やり探すのなら親友の賀茂斎院《かものさいいん》くらいだが、彼女は帝の義母で嵩那の姉なのだから仮定としても考える意味がまったく無い。

つまり伊子と嵩那の関係を暴露することで、玖珠子は父親を説得したのだ。いま嵩那の正妻となったところで、のちに伊子にその座を追われる可能性が高いと言って。てっとり早くて確実な方法だった。

玖珠子の言い分に関して新大納言が証《あかし》を得ることは、困難ではなかったはずだ。なにしろ勾当内侍をはじめ、見て見ぬふりをしていた者が複数いるのだ。あるいは新大納言自身にも〝言われてみれば〟と感じる部分があったのやもしれない。彼は鈍い男ではない。結果として新大納言の口から、伊子達の関係は瞬く間に広まってしまったのだ。

昨夜のうちに伊子のもとを訪ねてきた顕充《あきみつ》は、こうなったらどうしようもないとばかりに開き直っていた。なんでも新大納言は、伊子達の関係に関して顕充を直接問い詰めたのだという。

れまい』

『亜槐《あかい》（大納言の唐名《からな》）も娘御の将来《さき》を案じてのことだ。ならばこちらとしてはシラも切

結局顕充は、父親として伊子と嵩那の関係を認めた。しかし家同士が決めた関係ではないので、結婚にかんしては当人同士に任せている。しかも二人ともすでに薹《とう》が立っているので、いまさら焦ってどうこうするつもりもなさそうだと答えたのだそうだ。

実際に顕充からは、皇統の問題が片付くまで結婚は耐えて欲しいと懇願《こんがん》されはしたのだが、それを新大納言に言えばよけいに話がややこしくなるから、それぐらいの説明でちょうどよい。すぐに結婚をするつもりはないという点で嘘はついていない。そのうえで娘の縁談を取り下げたのは新大納言の判断だ。

つまり新大納言は、顕充の説明を鵜《う》呑《の》みにしていないのだ。

近い将来でなくとも、いつか伊子と嵩那が結婚するものと思っている。そんな危険のある男を、掌中《しょうちゅう》の珠《たま》たる娘の婿に迎えるわけにはいかない。

伊子は腹立たしくてならなかった。

自分の為に玖珠子が伊子達の秘密を暴露したことは、裏切りでもなんでもない。そもそも玖珠子には秘密にする義理も義務もない。ただただこちらがしてやられただけで、自分の不甲斐《ふがい》なさに腹が立つのだ。

意識しないまま苦々しい顔をする伊子に、勾当内侍が控えめに言った。

「本日は騒々しくございます。ここは私が見ますから、御座《おまし》でお休みください」


あれほど持ちこまれていた縁談が、まるで潮が引くようになくなった。

そう嵩那から聞いたのは、その日の夕刻のことだった。

母屋《もや》に設《しつら》えた御座には、高麗縁の畳《たたみ》を二帖斜向かいに置いている。几帳《きちょう》の帳《とばり》は夏用の生絹《すずし》で、胡粉《ごふん》で笹百合《ささゆり》を描いたもの。背後には四枚綴《よんひらつづ》りの屏風《びょうぶ》が設えてある。

開き直ったのか、それとも立坊式《りつぼうしき》のために止むに止まれずなのかは分からぬが、ともかく久しぶりに嵩那は参内《さんだい》をした。そして自分の用事を済ませたあと、彼は承香殿《しょうきょうでん》をいつもと変わらぬ調子で訪れた。

周りの好奇の目などまったく気にしていないかのようなふるまいは、生来の肝《きも》の太さゆえか、あるいはこれもまた開き直りの一端なのかは分からない。

「こぞって縁談を取り下げたということは、結婚は考えていないという左大臣の言葉を誰も信じてはいないのでしょう」

などと語る嵩那は、むしろ楽し気でさえある。

彼のこの発言は、つい最近まであれば伊子の心を疼《うず》かせていただろう。

結婚はしないが恋愛関係は維持するという事態を、嵩那は本当に納得してくれているのだろうか？　伊子の気持ちを汲《く》もうとした結果、自分の気持ちを全て犠牲にしたのではないのかと思い悩んでいたからだ。

けれど嵩那の精神がいかに自由なのかを知ったいま、そんな心配はなくなった。

現在の嵩那にとって、伊子はそれだけの価値がある存在。それだけのことなのだ。

だがこの将来《さき》、嵩那にとって伊子にその価値がなくなれば遠慮《えんりょ》なく切り捨てる。

心の有りようは、すべて自分の意志で決める。

そんな嵩那の本質が分かったいま、過剰《かじょう》に申し訳なく思うことはなくなった。

「いずれにしろ、しばらくは面倒なことになりそうですわね」

「東の古参からすれば、新大納言は梯子《はしご》を外したようなものですからね」

嵩那が言う東の古参とは、東朝《とうちょう》派の年配の貴族達のことである。

東朝派、西朝《せいちょう》派と一口に称しても、新大納言のように今上と嵩那の双方に取り入ろうとする、日和見《ひよりみ》の者も多い。先帝の横暴に閉口はしていても、個人的にそこまで虐《しいた》げられなかった者。あるいは右大臣《うだいじん》に対抗するため手段として東側派についた者も多数いる。

その一方で、皇統の不当を心から憂《うれ》いている者達も少なからずいた。

先々帝に恩義がある者はもちろんだが、純粋に公明を重んじる者や先帝に直接的に不遇をかこった者がその中心だ。師走《しわす》の追儺《ついな》で騒ぎを起こした治然律師《ちねんりつし》などは、後の二例の典型である。

全体として年長者が多い彼等を、嵩那は東の古参と称したのである。

「今日もさんざん焚《た》きつけられましたよ。なぜあなたと結婚をしないのかと」

「ご愁傷《しゅうしょう》さまです」

「悪尚侍《あくないしのかみ》の忠心ぶりが、いっそう評判となっておりますよ」

からかうような嵩那の物言いに、伊子はしかめ面《つら》をする。

台盤所《だいばんどころ》での宣言は、女房達の口を通してあっという間に公卿《くぎょう》や殿上人《てんじょうびと》の間に広まってしまっていた。

東朝派からすれば玖珠子との縁談が無くなったところで、その理由が伊子との結婚ならかえって都合がよいくらいだったのだ。しかし破談の原因となっておきながら、伊子は嵩那と結婚はしないと宣言した。しかもその理由が今上への忠心だというのだから、東の古参達にはさぞ恨まれていることだろう。

（お父様と実顕、大丈夫かしら）

伊子はこうして自分の局《つぼね》に籠《こ》もればよいが、参内が必要な二人はそうもいかない。特に実顕などは、若年と人の良さを理由にあれこれと詰め寄られているのではあるまいか。五十路《いそじ》を越した父ならともかく、七歳年少でしかもすでに家を出た弟が、三十三歳の姉の結婚に口を挟めるわけもないというのに。

「一言居士《いちげんこじ》はどこにでもおりますからね」

何気なく伊子が愚痴《ぐち》ると、嵩那が眉間《みけん》にしわを刻んだ。

伊子は怪訝《けげん》な顔をした。先ほどまでこちらをからかう余裕すら見せていたのにどうしたものであろう。

「いかがなさいましたか？」

伊子の問いに、嵩那ははっとしたように頬《ほお》に手を当てた。どうやら自身の不機嫌な表情に気づいていなかったようだ。そのまま言葉を選ぶように間を置き、やがて「一言居士という方ではありませんが」と切り出した。

「実は叔父上から、女相手になにを遠慮しているのだ。男たるもの、多少強引に事を運ぶべきではないかと言われました」

叔母《おば》とちがって彼の口からはあまり出てこない、叔父という言葉に一瞬誰のことかと思った。しかしすぐに、弾正宮《だんじょうのみや》を指していることに気づいた。

彼は嵩那の祖父・高陽院《かやのいん》の息子で、先帝、先々帝、そして女宮の異母弟にあたる。皇親の中では女宮に次ぐ長老だが、鋭敏な女宮とちがい、ちょいちょい考えなしで迂闊《うかつ》な発言が目立つ人だった。確かに一言居士ではないが、余計なことはしょっちゅう口にする。我儘《わがまま》強引に事を運んだり、若者をむやみに叱責《しっせき》するような人ではないから老害という印象はないのだが。

「弾正宮様？」

「ええ。あなたも顔をあわせたら、カチンとくることを言われるやもしれません。言い返したかったらどうぞご遠慮なく。ただし、なにを言っても糠《ぬか》に釘《くぎ》だとは思いますが」

なんとなくだが、その場の状況がうかがえた。

弾正宮にかぎらず一般的に年配者は、自分とちがう価値観を受け入れることが苦手だ。世間的には伊子が主導権を取った形の二人の関係を、皇親としても男としても一言言わずにはおけなかったのだろう。しかも嵩那の腹立ちぶりからして、よほど失礼なことを言われたと見える。

仙人のような外見と悪意がなさそうな喋《しゃべ》り方でごまかされているが、実はけっこう無礼な発言が多い人物なのである。過去にも伊子に執心する今上を〝類を見ない年増《としま》好み〟と称し、桐子《ひさこ》を〝跳ねっかえり〟と称して、顕充と右大臣を怒らせたことがある。

「気をつけますが、もとより弾正宮様は参内も滅多《めった》になさらない方。こちらからしゃしゃりでない限り、顔を合わせずに済むことは可能かと」

「そうしてくれればよいのですが、立坊の準備が気になるのか、近頃はちょいちょいと顔を出すようになっているそうです。残りの人生の目標は極楽浄土《ごくらくじょうど》に行くことだと公言していたのですが、ここにきて現世に生き甲斐《がい》を見つけたのやもしれません」

女宮に対するよりは余裕があるが、それでも十分不快気に嵩那は言う。

確かに弾正宮が伊子になにか言ってきたとしたら、脅威《きょうい》も緊張も女宮とは比較にもならないが、不快度の点でだけ言えば上回る気がする。それは彼のこれまでの迂闊な発言の所為《せい》ではなく、嵩那に言ったという〝女相手になにを遠慮している〟の一言だけで容易に想像ができるというものだった。

渋い顔をする伊子に、苦笑交じりに嵩那は言った。

「叔母上からの寄贈品納入にも、必ず顔を出すように命ぜられましたよ」


卯月《うづき》の末日。

立坊のための道具や装束の品々が、御所に納入された。

先日、嵩那が言っていた寄贈品の納入とは、このことを指したものだった。

立坊式の上卿《しょうけい》（この場合は中心になって事を為す人）は左近衛大将《さこのえのたいしょう》だったが、経済的な負担のほとんどを請け負ったのは女宮だった。たった一人の甥《おい》、しかも同胞の兄の息子なのだからと自ら買って出たと聞いている。

嵩那は母親が内親王で本人も結婚をしていないから、こういう場合に援助してくれる外戚がいないのだ。

対立する女宮の援助など普通は嫌がりそうなものだが、親友の左近衛大将に負担をかけるよりはよほど良いとしてあっさりと受け入れた。このあたりがいかにも嵩那らしい。公儀の経費を上卿がすべて請け負うわけではないが、どうしてもその率は高くなる。それは個人にとってかなりの負担である。

ちなみに立坊後に任命される東宮大夫も、左近衛大将で内定している。当初は新大納言《しんだいなごん》でほぼ決まっていたのだが、玖珠子との縁談が無くなったことでその話も消えた。

御所入りした品物は、ひとまず後涼殿《こうろうでん》の納殿に運ばれることになった。

女宮が相当に気合を入れたであろう納入の光景は、ちょっとした見ものであった。品物の豪華さはもちろんだが、運び役となった四人の童僕《どうぼく》がそろいもそろって大変な美形だったのだ。年の頃は十歳前後。こんな美しい男児を四人も、いったいどこで手配したものであろうか。彼等が細い肢体《したい》にまとう白の水干《すいかん》は、一目しただけで大人顔負けの質の良い絹であることが分かる。

ここにきて女宮の経済力と人脈を、あらためて突きつけられた。

清涼殿《せいりょうでん》と後涼殿の間の壺庭《つぼにわ》を進む行列は正式な儀式でもないのに、物見高い者達が大勢見物にやってきていた。

伊子は『朝餉の間《あさがれい》』で、尚鳴《なおなり》とともに帝の傍に控えていた。隣の台盤所には女房達が押しかけ、何か所かある簀子《すのこ》や渡殿《わたどの》では朝臣《ちょうしん》達が席を取っていた。特に清涼殿の西簀子は身分の高い者の居場所である。その中に弾正宮がおり、伊子は御簾《みす》を隔《へだ》てて滅多に参内をしない彼と顔をあわせることとなったのである。

ちなみに当事者とも言うべき嵩那は来ていない。納入自体は公儀ではない女宮の私的な行為だし、それでなくとも立坊式の打ち合わせで忙しいのに、そんな暇はないというのが言い分だった。要するに弾正宮の命令は完全に袖《そで》にされたわけである。

南側から壺庭に入ってきた童達は順々に進み、それぞれが手にした品物を後涼殿にいる女房達に手渡していく。そうしてすべての品を渡し終えると、壺庭に横一列に並んで御簾向こうの帝に深々と一礼した。よく躾《しつ》けられた所作《しょさ》に、居合わせた者達の間に感心のため息が漏《も》れる。

「まあ、なんと愛らしい」

「気品もございますわ」

「いずこの童でありましょうか？」

帝は表情を和《やわ》らげ、伊子に童達を簀子に上げるように言った。

伊子は端近《はしぢか》ににじりより、御簾のむこうに命を下した。

「主上《おかみ》がお呼びです。みな階《きざはし》をお上がりなさい」

とっさには理解できなかったとみえ、童達は一瞬きょとんとなる。しかし間近にいた官《かん》吏《り》に促され、ひどく緊張した面持《おもも》ちで簀子に上がった。先頭を務めていた童僕が簀子に上がり、他の童達もつづく。どうやらこの子が最年長者のようだった。

「もそっと端近に参れ。顔がよく見えぬ」

帝が直々に声を掛けたことで、童達はいっそう頬を紅潮させる。御簾の間際まで来た童達は、間近で見ても全員が愛らしい顔をしていた。女宮はどこからこんな器量の良い者ばかりを見つけてきたものかと、伊子はほとほと感心する。

「そなた達、どこから参った」

「私共は叡山《えいざん》から参りました」

帝の問いに、童僕ははきはきと答えた。

叡山とは比叡山《ひえいざん》のことで、この場合は天台宗《てんだいしゅう》の総本山・延暦寺《えんりやくじ》のことをさす。朝廷にも大きな影響を持つ巨大な寺院で、そこの童僕ともあればこの行儀と器量もうなずける。そこの童僕を借り受けたというのだから、女宮が寺社関連にも大きな影響力を持っているという話をあらためて痛感する。

童僕達にはそれぞれに菓子《くだもの》が授けられた。

彼らが下がったあと、御簾のむこうで声がした。

「やれやれ、やな」

聞こえよがしのしわがれた声に、伊子は眉《まゆ》を寄せる。

いつのまにここまで出てきたのか、間近の簀子に冠直衣《かんむりのうし》姿の弾正宮がいた。袍《ほう》は極老《きょくろう》が用いる白の平絹だったが、年の割には比較的豊かな白髪ゆえに、冠は懸緒《かけお》を使わずに被《かぶ》ることができている。これは地味にすごいことだった。

窪《くぼ》んだ眼窩《がんか》の奥のしょぼくれた瞳と、御簾を隔てて視線が重なる。

仕方なく会釈《えしやく》をしながら、伊子は目を合わせてしまった己の迂闊さを悔《く》やんだ。瞬時にそらせば良かったのか、元より声が聞こえたところで見なければよかったのか、いずれにしろ後悔《こうかい》先に立たずである。頭を下げてしまったからには、もはや無視はできない。

「こないな日やのに、五の宮はお出でにならひんのやな」

「――お忙しいのでございましょう」

元々は嫌悪していた相手ではなかったのだが、嵩那の話を聞いたあとではどうしても警戒してしまう。嵩那は好きに言い返して良いように言っていたが、さすがにこの場では限度がある。

もっともそれは向こうも同じことだ。いくらなんでも帝の御前で、それほど無礼なことは言えまい。もっともこの人の場合、故意の悪意ではなく、無自覚の迂闊さが問題発言になることがほとんどなのだが。

「なんであんたは、五の宮を迎え入れてやらひんのや？」

かすれるような声が、奥にいる帝に聞こえたのかどうか分からなかった。ちらりと目をむけると、帝は尚鳴と笑顔でなにか話をしており気づいた様子はない。

警戒心から、伊子はさらに御簾の際に寄った。斜め向かいの位置にいた弾正宮とは、下《しも》長押《なげし》を挟んでほぼ横並びに近い位置になった。

「悪尚侍《あくないしのかみ》かなんやよう知らんけど、いくら主上がお相手やから言うて、そない義理立てせんとよろしおすやろ。女子《おなご》にとっての幸せは、結婚して子を産むことやおまへんか」

あまりに予想通りの言葉に、もはや怒る気持ちすらなくなっていた。

嵩那がなにを言っても糠に釘だと言った意味もすごく分かる。成人男性の嵩那が抗議しても通じなかったのだ。女の伊子がなにか言ったところで、この手の思考の高齢の男にはほぼほぼ通じない。

普通に考えてまったく余計なお世話だが、ここまで言うからには叔父として嵩那の気持ちを慮《おもんぱか》った部分もあるのだろう。人格者と評判だった先々帝と、横暴な先帝という二人の兄に対する感情の違いもあるのかもしれない。なにしろ皆が言葉を逡巡《しゅんじゅん》する中、嵩那を東宮にという決定的な一言を言ったのは、この弾正宮だったのだから。

なるほど。そうやって考えてみると、軽口のように聞こえたあの一言も彼なりの作為があったのかもしれない。

「そらな、あんたがあと十五年……いや二十年やな。二十年若かったら、まだ幾らでも機会はありますやろが、おそらく五の宮はあんたが結婚できる最後の機会やで」

目の下の筋肉がぴくっとひくついた。

圧倒的な無礼に、三十三年間、伊子が培《つちか》ってきた道義も礼儀もすべて吹っ飛んだ。御簾を隔てた伊子のかもしだす怒りの空気に、弾正宮はいっこうに気づかない。この手合いの人間は徹頭徹尾《てっとうてつび》無神経のまま人生を過ごしてきたものがほとんどだからだ。

「意地を張るもんやない。女子は素直なのがいちば――」

「くそ爺《じじい》」

およそ女の声とは思えぬ低い声音《こわね》に、弾正宮は怪訝《けげん》な顔をした。

聞こえなかったのなら、もう少し大きな声で言ってやる。

「余計なお世話や。去《い》ね、このくそ爺が」

弾正宮はあ然となり、皺《しわ》で囲まれた目をぱちくりさせた。

そのときだった。


うおおおおぉぉぉ！！！！


清涼殿全体が、地鳴りのような歓声に包まれた。

見ると、台盤所《だいばんどころ》にいた女房達が拳を振りかざしている。伊子が御簾を上げて、外を見る必要はなかった。女房達のほうが御簾を押し上げ、半分簀子に出てきている。

「さすが、私達の悪尚侍さま！」

「一生ついていきます！」

「尚侍《かん》の君《きみ》がおいでなら、私もこの先、男なんていりません！」

「生涯《しょうがい》、お傍においてくださいませ！」

台盤所はおろか、なぜか渡殿にいた女嬬《にょうじゅ》達も含めて清涼殿は興奮の坩堝《るつぼ》と化した。

そのどさくさに紛れて、台盤所からは弾正宮に対するけっこうな暴言が漏れ聞こえてきていた。

「くたばれ、このくそ爺が」

「だいたい人の年のことをとやかく言える立場かよ！」

「こっちだって、あんたみたいな老醜《ろうしゅう》は見たかないのよ。二度と参内《さんだい》するな」

「いつまでも醜態をさらさんと、さっさと出家《しゅっけ》しろや」

　ここまででも相当な内容だが、奥の方からはこれ以上の、それこそ聞くに堪えない暴言がさらに連発されている。弾正宮個人への恨みというより、ここまで積もりに積もった女人《にょにん》達の鬱屈《うっくつ》が爆発した形だったのだろう。そうやって考えると、ここで標的にされた弾正宮は気の毒だったのかもしれない。

　しかしさすがにこの騒ぎはまずくないか？　自分が切っ掛けを作っただけに伊子は慌てふためく。そういえば確か勾当内侍《こうとうのないし》も台盤所にいたはずだから、彼女に言ってこの騒動を鎮《しず》めてもらおう。とはいえいま台盤所に伊子が入れば、勝鬨《かちどき》を上げたような騒ぎになるのは目に見えている。それでいったん奥に下がり、隣室との襖障子《ふすましょうじ》をそっと開いてみる。

　掌《てのひら》程の隙間《すきま》から、台盤所の奥に座る勾当内侍の姿を見つけた。袖口で口許《くちもと》を押さえ、ごく満足気な表情で女房達の騒ぎを眺めている。

「……」

伊子は静かに襖障子を閉めた。

「わー、弾正宮様！」

簀子にいた殿上人《てんじょうびと》の一人が悲鳴をあげた。

ぎょっとして見ると、弾正宮が泡《あわ》をふいて倒れていた。殿上人の指示を受け、庭にいた大舎人《おおとねり》が二人がかりでこの老人を運んで行った。それでも女官達の興奮はいっこうに止まず、伊子は頭を抱えこんだ。

「……な、なにが起きたのですか？」

奥から聞こえた声に振り返ると、尚鳴がおびえた眼差《まなざ》しを伊子にむけていた。

気持ちは痛いほど分かる。十六歳で女達のこのような姿を目にしては、この少年は生涯女性不審に陥《おちい》るかもしれない。それでなくとも母親以外に興味を示さないという、女人にかんしては困った性質の持ち主なのに。

その尚鳴の隣では、帝が眉間《みけん》にしわを寄せ「弾正宮は大丈夫か？」とだけ言った。

結論から言うと、弾正宮は無事だった。

騒動の直後に診察をした侍医《じい》が、その三日後に『朝餉《あさがれい》の間』まで報告に上がった。

本来ならば侍医は玉座の傍には上がれず、通常でも殿上の間まで出御《しゅつぎょ》した帝を小板敷《こいたじき》から拝する『半殿上《はんでんじょう》』という形しか取れなかった。

しかし急を要するからと、帝が参上を許可したのである。帝への報告に三日もかかったのは、この決まりのせいで流れが滞《とどこお》っていたからである。まったく馬鹿な規則だと心から思う。そもそも帝自身が病床《びょうしょう》に臥《ふ》したとなれば、殿上の間まで出御してもらうことなどできないというのに。

侍医曰《いわ》く、興奮と驚きで一時的に気逆《きぎやく》の状態となっただけだろうということだった。

伊子は胸を撫《な》でおろした。いくらなんでもあれで身罷《みまか》るようなことになれば、そうでなくとも重い後遺症など残されては後味が悪すぎる。

侍医が下がったあと、帝は伊子に尋ねた。

「それでいったい、なにが起きたのだ？」

とうぜん生じるであろう問いだが、なんと答えたものか伊子は迷った。くそ爺という自分の暴言を正直に伝えるのはさすがに躊躇《ためら》う。かといってそれを言わずに弾正宮の暴言だけを訴えるのも一方的で釈然としない。

口ごもる伊子を上目遣いに見やり、帝はひょいと肩をすくめた。

「まあ、おおよそは蛍草《ほたるぐさ》から聞いたよ」

「……」

いけずですね、という抗議が喉元《のどもと》まで出かかった。

尚鳴からというのであれば、間違いなく勾当内侍から聞いたのだろう。騒動が起きている間、尚鳴はなにが起きたのか分からずに混乱していた。あの時点で彼が事態を把握《はあく》しているはずがない。

それにしても勾当内侍からというのは、不幸の中の幸いだった。自分の暴言に後悔《こうかい》はない。いや、あれは暴言ではなく正当な反論だ。とは思うが、さすがに帝の耳には入れたくない。左大臣《さだいじん》の大姫で尚侍。しかも三十三歳にもなる大人がよりによって〝くそ爺〟と言ったなどとは──。

「弾正宮もこれに懲《こ》りて、少しは口を慎《つつし》んでくださるとよいのだが……」

ため息交じりに帝は言った。

やはり、おおよその経緯は理解しているようだ。しかし勾当内侍の説明なら、くそ爺は辛《かろ》うじてぼかしてくれた可能性が高い。いや、そうであってくれ。もはや伊子としてはそこにすがるしかなかった。

「女房達も弾正宮様からはちょいちょいと不躾《ぶしつけ》なことを言われて、鬱憤がたまっていたようです」

自分の〝くそ爺〟発言には触れず、しれっと伊子は言った。

さもありなんとばかりに帝は相槌《あいづち》をうつ。

「それにしても、あなたの女房達からの慕《した》われようは見事だな」

とつぜんの話題転換に、伊子はとっさに返す言葉に惑う。

確かにあのときの女房達の反響はすさまじかった。

弾正宮が伊子に言った無礼の数々は、台盤所にいた女房達に筒抜《つつぬ》けだったのだろう。あるいは最初は端近にいた者達だけにしか聞こえなかったとしても、彼女達に促されて奥にいた者達まで集まってきていたというのもありうる。

よほど呑気《のんき》な性質《たち》でないかぎり、たいていの女はあの発言には立腹する。あそこまでひどくなくても、似たような類《たぐい》のことは他の男からも度々《たびたび》言われている。けれど相手の身分や自分の立場があるから黙って聞き流すしかできない。どうかしたときには場を和《なご》ませるために愛想笑いまで求められる。

その歯痒《はがゆ》くてならぬ事態を、伊子は撥《は》ねつけたのだ。

それができたのは伊子の胆力《たんりょく》ではなく、単《ひとえ》にそれだけの身分と立場があるからだと論《あげつら》うことはできる。しかし女房達にとって、権力の正しい使い方を示してくれたのだとまさに痛快であったのだろう。そのあげくの、あの興奮と騒ぎなのだ。

確かにこの結果は、伊子自身も痛快ではある。しかし身分があるから出来たことだという自覚は持たねばならぬと承知している。同じ悔《くや》しさを味わいながら、立場上甘受《かんじゅ》するしかない者達は大勢いるのだという認識は必要だ。

「みな、優れた女人達ばかりですから」

しみじみと、まるで独り言のように伊子はつぶやいた。

帝はそんな伊子を意味深に見やり、やがて静かに問うた。

「まことに構わぬのか？　このままで」

とつぜんの帝の問いに、伊子は物思いから立ち返る。

目をむけると、帝はゆっくりと首を横に振った。

「もちろん弾正宮の発言は論外だ。されど私が気にしていることは、その…先日、蔵人《くろうど》頭《のとう》が蛍草に申していたであろう」

年齢差のある結婚を軽く考える尚鳴を、三十二歳の蔵人頭がたしなめていた。同年代の伊子は深く感じ入ったが、十七歳の帝はいまいち釈然としていなかった。

「ございましたね、そんなことも」

「私は自分が若輩《じゃくはい》ゆえ、人が年を重ねるということをあまり深く考えていなかった。正直に言うといまもよく分からぬ。然《さ》れども、あなたが政《まつりごと》の思惑や私への気遣いから貴重な歳月を費《つい》やすのかと思うと心苦しい」

言葉を選びながら、丁寧《ていねい》に帝は語った。なるほど。確かに人には寿命があるし、特に女は子供を産む年齢にもはっきりと限界がある。男にも多少はあるだろうが、女に比べて随《ずい》分《ぶん》と曖昧《あいまい》で世間の認識も甘い。そう考えるといまの伊子の年齢は、帝が言うように貴重な歳月なのかもしれない。

しかしそんな現実に対する迷いなど、伊子は吉野で完全に断ち切っていた。嵩那も承知の上だ。

されど二人で合意したこの価値を、第三者に理解してもらうことは難しい。

そしてこの価値観を理解できぬのなら、伊子が女としての幸せを捨てたと考えてしまうのは仕方がないことだった。現に帝は自分の執着の所為《せい》で、伊子が不幸になったのではと懸念《けねん》している。

はじめのうちは、初恋からの延長でもある恋情だけだった。

しかしそこに政治上の問題が加わり、帝個人の意向が及ばぬところで伊子は御所を下がれなくなった。自分が執着さえしなければ――誠実な帝が自分を責めることはとうぜんのなりゆきだった。

帝の誤解を解くためには、伊子の気持ちを丁寧に説明することが必要である。

しかし伊子も、嵩那以外の人間にどう説明したら良いのか分からないのだ。

さんざん悩みはしたけれど、自分の意志で選択した結果に満足している。そう言ったところで他人は強がりだと憐《あわ》れむだろうし、帝にいたっては自分を気遣っての心にもない弁明だと思うに違いない。

どう伝えたらよいのか。どうすれば良いのか。

短い思案ののち、伊子は賭《か》けをするような気持ちで口を開く。

「主上《おかみ》は式部卿宮《しきぶのきょうのみや》様以外の殿方《とのがた》が相手であれば、私がお傍を下がることをお許しになられますか？」

帝は不意を衝《つ》かれた顔をする。

若宮《わかみや》の誕生、新しい妃等のこともあり、近頃の帝は以前ほどに伊子に対する執着を見せなくなった。けれど嵩那が東宮となってしまったため、彼との結婚は許可ができないのだという名目にはなっている。

もしも帝がすでに割り切っているのなら、いまの伊子の問いに是《ぜ》と言うはずだ。

帝はひどく狼狽《うろた》えたように伊子を見つめた。

我ながら嫌な質問だ。あなたはもう私のことは諦めたのですよね？　と確認しているのだから、相手が帝でなくとも高慢というものだ。

息が苦しくなるほどの重い沈黙が流れる。

「……いや」

重さに抵抗するように声を絞《しぼ》り出したあと、帝は二度、三度と大きくゆっくりと首を横に振った。

「ちがう、そうではない。私は……」

ふたたび口ごもり、そうやって帝は必死に言葉を探しているようだった。

複雑な状況や心持ちを言いよどみ、ようやく伝えようと眦《まなじり》を決しても、自分の能力では完璧《かんぺき》に伝えられそうもない。そんな帝の苦悩がつい最近までの自分と重なる。そんな気が伊子はした。

けして──いまいる場所は甘受したものではない。けれどそれを理解してもらうための言葉を探しても容易に見つからない。だから帝も含めた多くの者達が、伊子が政の犠牲になったと誤解している。

帝はようやく重い口を開いた。

「いまの私は、あなたを妻にできるとは思っていない。することも諦めている」

そうだろう。嵩那にこれだけの煩《わずら》い事を押しつけたのだ。その結果として彼が妻とすることを諦めざるを得なくなった伊子を、自分の立場をものにして奪うなど、帝の性質を考えればできるはずがない。

「けれど……」

そこまで言って帝は、またも口ごもる。

彼はうっすらと唇を開き、自分でも制御ができないというように小刻みに首を横に振りながら俯《うつむ》いた。

「——それでも私は、あなたを失いたくない」

「私もです」

ほとんど間を置かずに伊子は返した。

帝はぱっと顔をあげた。耳を疑うような表情をしていた。やがて眉《まゆ》を顰め、怒りを抑えるような声音《こわね》で言った。

「あなたは、宮を背《せ》として愛している」

「さようでございます」

「なのに、なにゆえそのようなことを言うのだ」

「以前にも申しあげました。心よりご尊敬申し上げ、それゆえに我が君として致仕《ちし》のそのときまでお仕えいたしたいと望んでいるからでございます」

忠心は、求愛を断るための婉曲《えんきょく》なごまかしではない。

心からの叫びだというのに、帝はなかなか信じようとしない。自身にそれだけ優れた資質があるという自覚を持つには、この青年は謙虚過ぎた。

まったく男女だから話がややこしくなるのだ。これが同性同士なら、なんの苦も無くすっきりと受け入れられるであろうに。

微塵《みじん》もひるんだ様を見せぬ伊子に、帝は懇願《こんがん》とも怒りともつけぬ眼差《まなざ》しをむける。伊子の目の奥に、その真意をどうにかして見つけようとしているかのようだった。にらみあいにも近い見つめあいのあと、とつぜん緊張の糸が途切れたように帝は息を吐く。そうして肩を落としたまま力無く言った。

「疲れた。少し横になりたい」

その日の午後。嵩那が承香殿を訪ねてきた。

くそ爺《じじい》の件で詳しい経緯を聞いた彼は、腹を抱えて笑い転げた。弾正宮が無事だったからの反応だが、そうでなかったとしても先日の言動から『自業自得《じごうじとく》だから仕方がない』ぐらいは言いそうな気がする。

覆水《ふくすい》は盆には返らない。一度口にした言葉はたとえ失言と称してもなかったことにできないし、それで浴びた批判は自らが受け止めるしかない。しかも弾正宮には自身の発言がどれだけ失礼だったのかの自覚がないのだから、無事だったことを結果としてお灸《きゅう》を据えるにはちょうど良かったかもしれない。

それはともかくとして、伊子にはひとつ腑《ふ》に落ちない点があった。

「まことに、私が言った〝くそ爺〟は話題になっていないのですか？」

「私の耳には、あの場にいた女房達が揃って弾正宮に憤慨《ふんがい》したというふうにしか伝わっておりませんよ」

それが不思議でならない。

端近《はしぢか》で聞いていた女房達が、伊子に気を遣って詳細をぼかしたのは納得できる。しかし当事者である弾正宮など怒り心頭で放言しても不思議ではないのに。そのことを言うと嵩那は悪戯《いたずら》っぽく笑った。

「女房達からの罵倒《ばとう》が、よほど堪えたのでしょう」

「ああ……」

なるほど、と伊子は納得した。確かにあの迫力はすごかった。人が暴動で叩き殺される直前はあんな空気なのかとも思ったぐらいだ。罵倒の内容も〝くたばれ〟とか〝出家しろ〟とか、けっこうひどいことを言っていた。個人的に〝老醜《ろうしゅう》〟が一番きつかったと思うが、あれを思いだせばこれ以上、御所の女房達を敵に回そうとは考えるまい。伊子を批判することは、あの場で伊子に声援を送った女房達全員を批判するのと同じ愚行《ぐこう》である。

「というかそもそも宮様があの日に顔を出してくだされば、こんな騒ぎにはならなかったのですよ」

「ご自分の勇ましさを、私の所為にしないでくださいよ」

ほとんど言いがかりでしかない伊子の文句に、茶化すように嵩那は返した。

立坊《りつぼう》が決まって以来、嵩那の参内《さんだい》はめっきり減った。吉野から戻って帝に挨拶《あいさつ》に来たときと、庚申《こうしん》の貝覆《かいおお》いに参加したときもあわせて三、四回にも満たないのではないか。顔をあわせればとやかく言われる煩わしさは、嵩那との付きあいが公《おおやけ》になったときの伊子も同じだったから、参内を控える彼の気持ちは分かりはする。しかし立坊式まで半月程しかないのに、この頻度《ひんど》はちょっと少なすぎる。

「せめて立坊式の演習ぐらいには、参加してくださいな」

なだめるように伊子は言った。儀式を正確にやり遂《お》せることは、宮廷では必須事項といってもよい。些細《ささい》なことでも失敗をしたら笑われるし、万が一にでも大きな失敗をしたりしたら各個人の日記にかならず記され、それが末代まで伝えられる。

ましてや一世一代の立坊式だ。いくら本意ではない冊立《さくりつ》とはいえ、文武百官《ぶんぶひゃっかん》が集まる式で主役が失敗をしたら目も当てられない。

しかし嵩那は、心配には及ばぬとでもいうように顔の前で右手を揺らした。

「ご心配なく。そのために今日は参内いたしたのですよ。このあと南殿《なんでん》（紫宸殿《ししんでん》）のほうに打ち合わせに参ります。左大将《さだいしょう》が来るまで待たせてください」

伊子は目を円くした。

「とつぜん訪ねていらしたのは、そういうわけだったのですね」

「もちろん、一番はあなたに会いに来たのですよ」

「うまいこと、仰《おお》せになりますわね」

声をたてて伊子は笑った。

二人の交際が明るみに出た直後は、玖珠子との縁談が無くなったという状況もあり、是が非でも伊子との結婚をという空気が東朝派の中で一時的に高まった。しかし顕充がそれを否定し、伊子が女房達相手に切った啖呵《たんか》で気概《きがい》は一気に沈んだ。

左大臣《さだいじん》家として今上への不忠を疑われることを懸念《けねん》して隠しつづけた交際だったが、結婚を選択しなかったことで、伊子も顕充もいままでは今上の忠臣の鑑《かがみ》のようにさえ言われている。こんなことなら最初から隠すべきではなかったのかとも思うが、あのときは交際と結婚は切り離せないものだったからしかたがない。

「まことを申しますと、ここにお伺《うかが》いする前に帝をお訪ねしたのですが、お疲れで寝入っておられると女房が」

「ああ……」

少し前の『朝餉の間《あさがれい》』での帝とのやり取りを思いだし、伊子は曖昧《あいまい》に言葉を濁した。

自身の真意を理解してもらおうと言葉は尽くしたが、やはり帝は納得していないようだった。

真意を承知したうえで不満が残るというのなら、それは仕方がない。

だが帝は信じていない。伊子にとって帝に仕えることが、嵩那との恋と変わらぬ価値があるということを。

女人《にょにん》にとっての幸せは、妻となり子を産み育てること。従来のその価値観から伊子を切り離せないでいるから、自分の執着故に不幸になったという負い目を拭《ぬぐ》えないでいるのだろう。

「昼前から疲れたと仰せで、お休みになられておられましたので」

原因は自分とのやり取りのせいであろう、とは口にはできなかった。伊子にかんした帝の苦悩を、よりによって嵩那に話すなど出来るわけがない。人の心をまったく顧《かえり》みないにも程がある、独善が過ぎるやり口だ。どのみちあんな細かい、かつ複雑なやりとりを逐一再現することなどできやしない。

伊子はこの件について、それ以上はなにも言わなかった。

しかし明確に変化を感じ取ったとみえて、嵩那の瞳には怪訝《けげん》な色が浮かんだ。

伊子はぷいっと視線をそらし、嵩那からの追及を避けようとした。こういうふるまいがいらぬ疑念を生みかねないことは承知しているが、だからといって主君に不誠実は働けない。たとえそれが身も心も通じあわせた背の君だったとしても。

伊子は強引に話題を変えた。

「それで左大将は、いまどちらに?」

作為は明確に伝わったとみえ、一瞬嵩那は不快な顔をした。しかし伊子が動じなかったからか、唇を一度引き結んでから気を取り直したように答えた。

「今頃、御所に向かっている頃かと思います。昼は舅殿《しゅうと》に挨拶に行くと聞いておりますので、その足でこちらに回ってくるはずです」

「左大将もお忙しいことでございますね」

立坊式の上卿を任された左近衛大将《さこのえのたいしょう》は、実は帝の伯父《おじ》にあたる。早くに身罷《みまか》った今上の生母が、左近衛大将の同胞《はらから》の妹だったのだ。嵩那と帝の双方に近い立場にある彼は、今後は朝廷の中庸《ちゅうよう》を保つために重要な人物となってくるであろう。どう思っているのか、本人はいたって呑気《のんき》にしているのだが。

「そろそろ来るであろうとは思いますが……」

嵩那はちらりと御簾《みす》向こうを見た。

そのとき、ばたばたと乱暴に板を踏む音が響いた。廂《ひさし》のほうで女房がなにか言い、馴染《なじ》みのある左近衛大将の声が聞こえた。

「宮様と尚侍《かん》の君《きみ》は、こちらにおいでか!?」

いつになく焦った声に、嵩那は怪訝な顔をする。待たせたことを申し訳なく思っているにしては声音が大仰《おおぎょう》だ。そもそもそれが理由ならば伊子の名前は出てこない。

女房の答えは聞こえなかったが、御簾のむこうに左近衛大将が現れた。

「左大将?」

伊子と嵩那が声を揃えて呼びかけた。

「尚侍の君。非常時ゆえ無礼仕《つかまつ》る」

言うなり左近衛大将は御簾を割って中に入ってきた。正式な参内ではないから、嵩那と同じく冠直衣《かんむりのうし》姿である。袍《ほう》の色も同じ紅の薄い二藍《ふたあい》だった。

ただならぬ気配に伊子は訝《いぶか》し気な眼差しをむける。

朗《ほが》らかで呑気な気質の左近衛大将が、いつになく急《せ》いている。

「いかがなされたのですか？」

「主上《おかみ》が御病に」

伊子は思わず目を見開いた。

確かに昼間、疲れたと言っていた。しかしそれは伊子との、釈然としないやり取りの所為《せい》だと思っていた。

「ならば、すぐに侍医《じい》を」

「もう呼びました」

そう言ったときの左近衛大将の表情は、これまで見たことがないほどに鬼気迫るものだった。たじろぐ伊子と嵩那にむかい、左近衛大将は声を低くして告げた。

「主上は、赤疱《あかもがさ》です」


左近衛大将が告げた赤疱という病名を、伊子は瞬時に信じることができなかった。

確か洛外《らくがい》でぽつぽつと散見しているとは聞いていた。けれどどうやらそこで終わりそうで、洛中での症例はいまのところ発見されていなかったはずだ。

それがよりによってなぜ禁中で、しかも主上というもっとも深い場所におわす方が罹《かか》ってしまったのか。

（いえ、いまはそこじゃない）

わきあがる疑念や不安を力ずくで振り捨て、伊子は思考を整理する。

赤疱の恐怖はもちろん重篤《じゅうとく》化する病態そのものだが、それと同じ、いやどうかしたらそれ以上の脅威《きょうい》はあのものすごい伝播力《でんぱりょく》にある。

しかし不幸中の幸いは、一度罹った者は二度は罹患《りかん》しないことだ。そして伊子自身は幼少時に罹患している。

「宮様、お帰りください」

強い口調で言われ、嵩那は目をぱちくりさせる。瞬時に言っている意味を理解することができなかったようだ。かまわず伊子は彼に詰め寄る。

「あなた様は、赤疱に罹っておりません。主上が御病に臥したということは、この後も御所にて罹患する者が出てくる可能性があります。危険です」

「しかしこの状況で御所を放置するなどできません。私は健康で体力もありますゆえ、さような心配は――」

「主上も昨日までは御壮健でいらっしゃいました！」

伊子は容赦《ようしゃ》なく叱りつけた。赤疱に罹患したことがない嵩那は、その脅威を頭では理解していても肌で分かっていない。皮肉な話だが、罹患歴を持つゆえに罹る可能性がなくなった者のほうが、その怖さを痛感しているのだ。

迫力に気圧《けお》された嵩那に、左近衛大将がなだめるように言う。

「宮様、そうなさいませ。朝臣《ちょうしん》達にも罹患の経験がない者には、明日より参内を止めるように伝えさせましたゆえ」

「参内を止めさせた？」

信じ難いという顔をした嵩那だったが、そのことで事態の深刻さを把握《はあく》したようだ。恐る恐るといったふうにこちらを見た嵩那に、伊子はこくりとうなずいて返した。

「私は幼い頃に罹っております。左大将様も？」

「ええ。十《とお》を少し過ぎた頃に罹りました。あのときは大変な流行で、死者も多数出ましたので私は幸いでした」

計算的に実顕が罹ったときと同じ流行であろう。その年齢であれば苦しかったこともはっきりと覚えているにちがいない。

「結構でございます。では私は主上のもとに参ります。宮様は必ずお帰りください。なんでしたら左大将、首に縄をつけてでも」

犬か猫のような言われように嵩那はしかめ面《つら》で言った。

「家に帰ります。そしてあなたから連絡があるまでは参内しません」

「もちろんです。黙って吉野に行くなど、論外ですからね」

ここにきての嫌みな言いように、嵩那はさらに渋面《じゅうめん》を強くする。

ひと月ほど前。死穢《しえ》を理由に自宅に籠《こ》もっていた嵩那が、誰にも告げずに吉野に行ったことで御所は大騒ぎになった。人々はあることないことを好き勝手に憶測し、伊子も心労濃い日々を過ごした。嵩那にも理由があり、伊子達にも非がないわけではなかったので恨んでいるとまでは言わないが、多少の皮肉ぐらいは言ってもよかろう。

左近衛大将は口許《くちもと》をむずむずさせて笑いを堪えている。彼も嵩那の吉野行には、ずいぶんと心配をさせられた一人である。しかし事態が深刻なので、いつものように磊落《らいらく》に笑い飛ばすこともできない。

嵩那が左近衛大将と出て行ったあと、伊子は千草《ちぐさ》に、承香殿の者達の罹患の有無を確認しておくように命じた。そのうえで罹ったことがない者は、しばらく外に出ることを控えるようにさせた。

急ぎ足で清涼殿に行くと、台盤所《だいばんどころ》から出てきた勾当内侍《こうとうのないし》が駆け寄ってきた。

簀子《すのこ》の前で鉢合《はちあ》わせるなり、開口一番に伊子は叱《しか》りつけた。

「なにをしているの！　あなたは赤疱に罹っていないでしょう。すぐに戻りなさい」

「私は大丈夫です。それに内侍としての役目があります」

「あなたに万が一のことがあれば、この後宮は成り立たなくなるのよ」

ぴしゃりと伊子は言った。

迫力に勾当内侍は気圧されたように口をつぐんだ。右腕とも言える有能なこのひとつ上の女人《にょにん》に、こんな強い口調でものを言ったのははじめてだ。

しかし伊子はひるまなかった。

「そんなことになれば、私が蛍草殿から呪詛《じゅそ》でもされかねません」

「……そんな畏《おそ》れ多いこと」

「ないと言えますか?」

勾当内侍は口をつぐんだ。母親の為なら天罰も恐れぬ少年だ。そんな息子の過激さを知っているからこそ、ないとは言い切れないはずだ。

納得したわけではなかろうが、勾当内侍は観念したようだった。その彼女にあらためて伊子は言った。

「主上の看病だけではなく、あなたがいなければどうにもならぬことが後宮《ここ》には山のようにあります。まずは皆に異変がないかどうかを確認してください」

赤疱という病の性質上、一人発病者がいれば後から数名出てくる可能性が高い。あるいはすでに発病している者がいるかもしれなかった。

「清涼殿での仕事は罹患歴のある者を中心で回しなさい。罹ったことがないものは離れた場所の仕事に従事させて。それから――」

矢継《やつ》ぎ早《ばや》の伊子の命令のひとつひとつを勾当内侍は真剣な面持《おもも》ちで聞き、最後に「承《うけたまわ》りました」とはっきりとした声で言った。

勾当内侍を去らせてから台盤所に足を踏み入れると、数人の命婦《みょうぶ》が控えていた。外でのやりとりを聞いていたのか、全員が口を揃えて赤疱の罹患歴を証言した。聞けば勾当内侍の指示らしい。さすがと言えばさすがだが、自分の事を無視していたとあっては本末転倒である。

「主上の具合は？」

「お熱が上がってきているようです。いま、侍医が病床に侍《はべ》っております」

「分かりました。ご容態をうかがってまいります」

そう断りを入れて伊子は、手前の『御手水の間《おちょうずのま》』から夜御殿《よるのおとど》にと入る。几帳《きちょう》と屏風《びょうぶ》を迂《う》回《かい》すると、繧繝縁《うんげんべり》の畳《たたみ》を重ねた床に帝が臥していた。夜御殿は塗籠《ぬりごめ》なので光はほとんど入らないのだが、卯月《うづき》末の昼という気候、帝の熱が高いこともあって四方の妻戸《つまど》は開け放っている。

「尚侍の君」

枕元に控えていた侍医と命婦が同時に顔をあげる。

目配せで彼らがなにか言うのを制すると、伊子は反対側の枕元に座る。そこではじめて帝の息が荒いことに気がついた。

「熱がどんどん高くなっております」

声を落として侍医が言う。ほの暗いので顔色ははっきりと分からないが、頰《ほお》や耳の後ろに小さな発疹《ほっしん》が見える。半開きになった唇から苦し気な息遣いが聞こえていた。痛ましさに眉《まゆ》を寄せた伊子は、額にのせた麻布が歪んでいることに気づいて手を伸ばした。

触れた麻布は湯につけた後のようになっていた。

「取り替えてちょうだい」

伊子から麻布を受け取った命婦の表情が、不服からたちどころに驚きに変わる。

「さきほど取り替えたばかりでございますのに……」

嘘ではないのだろう。そもそも伊子も、叱責《しっせき》や嫌みでそんな真似《まね》をしたわけではない。

「それだけ熱が高いということよ。このまま続くようであれば、氷室《ひむろ》を開けさせたほうがよいかもしれないわ」

判断を求めるように侍医を見ると、彼は渋面を浮かべたまま言った。

「通常、赤疱《あかもがさ》は発疹が出てから高熱が数日続きます。そこが峠《とうげ》というべきでしょう」

「では、これからも熱が上がると？」

「その可能性はございます」

伊子は自身が赤疱に罹《かか》ったときの記憶がほとんどない。だが侍医が迷いなく語るということは、それが一般的な経過なのだろう。

侍医の証言に伊子は、麻布を角盥《つのだらい》の上で絞っている命婦に命じる。

「主水司《もいとりのつかさ》に氷室を開けるように伝えなさい。その盥と提子《ひさげ》の水も、もう一度冷たいものに汲《く》みなおしてきなさい」

命婦は固く絞った麻布を伊子に渡すと、角盥を抱えて外に出ていった。

冷たくなった麻布の皺《しわ》を伸ばして、帝の額にのせる。布越しでも触れた額が熱い。ほの暗い室内でも分かる肌の赤みが、発疹なのか熱の所為《せい》なのか分からない。

「なにかあれば、およびください」

侍医がいったん簀子に出た。もともと夜御殿に上がれる身分ではない。容態を診《み》るために中に入りはしたが、あとは定期的な診察とこちらの召請《しょうせい》に応じる。

伊子は険しい面持ちで、枕頭《ちんとう》に侍していた。

浅い呼吸を繰り返していた帝の、長いまつげに覆《おお》われた瞼《まぶた》がゆっくりと蠢《うごめ》いた。

「主上《おかみ》、お目覚めですか？」

帝は枕の上で、のろのろと首を回す。高熱で焦点の合わぬ目を眇《すが》め、そこに伊子の姿を捉えて、かすれた声を出す。

「なにをしておる。危ないではないか」

その一言で、帝が自分の病を知っていることが分かった。伊子はゆっくりと首を横に振り、病人を刺激しないよう静かな口調で言った。

「私は幼少時に赤疱を経験しております。ご心配召されますな」

眇めた目の奥に見える瞳に、安堵《あんど》の色が浮かぶ。

帝は頭の位置を戻し、そのまま目を瞑《つむ》る。

「若宮と妃達を、遠ざけよ」

予想もしていなかった指摘に伊子は目を瞬かせる。確かに帝のことばかり考えて、彼女達のことまで考えが回っていなかった。特に若宮は月齢の乳児である。いくら赤疱が幼少時に罹ったほうが軽く済む病でも、さすがにこれは危険である。

「承知いたしました。主上の命であると、女御様方にはご進言致します」

帝は目を瞑ったまま、うなずくように顎《あご》を揺らした。浅い呼吸がやけに耳に障《さわ》る。一度の呼吸量が少ないから、それを補うために息の数が多くなる。いまの短いやりとりだけで息苦しさを感じているようだった。

「主上、どうぞお休み――」

「それと、式部卿宮《しきぶのきょうのみや》にはとうぶん参内《さんだい》を禁じよ」

荒い息遣いの中で、帝は断言した。

「私がこうなった以上、なんとしても宮は守らねばならぬ。もしも……」

帝は息苦しいというように顔を歪めた。

「もしも、私に万が一のことがあれば……宮には、すぐに即位いただかねばならぬ」

「縁起《えんぎ》でもないこと仰《おお》せに――」

「万事に備えよ」

諫《いさ》めようとする伊子を、帝はかすれた声でぴしゃりと撥《は》ねのけた。

伊子は息を呑《の》み、目を伏せるこの若き君主の顔を見下ろした。うっすらと開いた唇から も息が漏《も》れ、薄い胸が忙《せわ》しなく上下している。これほど苦しい息の中、己の役割と周りの者への配慮《はいりょ》を怠《おこた》らない十七歳の君主の姿に胸が熱くなる。

「この旨《むね》を、皆に申し伝えよ」

気力だけで絞《しぼ》りだしたような声音《こわね》に、伊子は深々とうなずく。目を瞑った帝にはもちろん見えるはずもないが、凜《りん》とした声で告げる。

「必ず仰せに従いましょう。ご心配召されますな。宮様は少し前に左大将《さだいしょう》が引っ立てていきました」

下手人《げしゅにん》かなにかを言うような表現に、帝の口許《くちもと》が少し緩《ゆる》んだ。もしかしたら苦笑したのかもしれない。そのまま彼はひとつ息をつき、沼に沈むように昏睡《こんすい》していった。


命婦が角盥を持って戻ってきたので、伊子はいったん台盤所《だいばんどころ》に出た。控えていた命婦達が、いっせいに伊子を見上げる。

「いかがでしたか？」

「勾当内侍《こうとうのないし》に、すぐに伝えてきてちょうだい」

「はい？」

「主上は、女御様達全員に御所を下がるようにと仰せでした。とくに藤壺女御様は、若宮様を連れて絶対に下がるようにとご命令です。その旨を各殿舎にきっちりと報せるようにと勾当内侍に伝えてらっしゃい」

命婦の一人がすぐに立ち上がって、台盤所を出て行った。

伊子は紙と筆記用具を準備するように命じ、別の命婦に尋ねる。

「陣定《じんのさだめ》は開かれているの？」

「はい。宜陽殿《ぎようでん》のほうで、いま行われているはずです」

朝議である陣定はしばし清涼殿の殿上の間で開かれることもあるが、正式な座は宜陽殿である。清涼殿からは紫宸殿を介して東側に位置する。

主上が倒れた。しかも流行病《はやりやまい》の赤疱である。

市中での広がり具合の確認や、典薬寮《てんやくりよう》の指示に加え、祈禱《きとう》に卜占《ぼくせん》等為すべきことは山のようにある。

「いち段落ついたら、皆様方にこちらに参じるように伝えてちょうだい」

「すぐに、でなくともよろしいのですか？」

「私にも奉書を記す時間が必要なのよ」

そう命じると、伊子は文机《ふづくえ》の前で筆を手にした。


半刻《はんこく》後、殿上の間に複数の太政官《だじようかん》が集まった。

左大臣《さだいじん》・頭充を筆頭に、右大臣《うだいじん》から下は少納言《しようなごん》や弁《べん》まで。ただし赤疱の罹患経験がない者は参内を控えているので、太政官の全員が集合しているわけではない。

「どういうことだ。先日まであんなにお元気であられたのに」

「よりによって赤疱とは、おいたわしい……」

「落ちつかれよ。主上は健康でお若い。きっと乗り切られる」

不安げにやりとりをする彼等の様子を櫛型窓《くしがたまど》から確認したあと、伊子はいったん壁から離れ、西の簀子《すのこ》を迂回《うかい》して入り口への妻戸《つまど》を押し開いた。

太政官達の視線が集中する中、紫の裾濃《すそご》の裳を引きつつ前に進み出る。

伊子が立つ西側には、少納言や少弁等太政官の中でも位の低い者が座っている。東の奥は公卿《くぎょう》達の席である。顕充は右大臣と隣り合っている。新大納言《しんだいなごん》はそのはす向かいだ。

彼ら全員を睥睨《へいげい》するように見下ろし、固い声音で伊子は告げた。

「主上は熱が高く、いまは意識も朦朧《もうろう》となされている状態です。侍医《じい》の診立《みた》てでは、今宵《こよい》辺りが峠であろうとのことでございます」

太政官達の表情が瞬時に強張《こわば》り、次いでざわつきだす。もとより重態であるという情報は耳に入っていただろうが、直接帝を世話した伊子の口から聞くと切実さも増すというものだ。幾人かの者などは、動揺《どうよう》と悲憤《ひふん》で顔を覆っている。

「なんということだ」

「いったいなぜこんなことに……」

「洛外《らくがい》の流行で治まりかけていたのではないのか？」

「お静かになさいませ！」

伊子は一喝《いっかつ》した。壁を震わせるかのような声に、太政官達は嘆《なげ》きも動揺もどこかに吹き飛んだように呆然《ぼうぜん》と伊子を見上げる。顕充はなんとも言えない顔をしてはいたが、かといって驚いたふうも嘆いたふうも、まして頼もし気という感じでもなかったので、自分の娘はこんなものだとすでに理解しているのだろう。理想通りの娘に育たなくて、本当にごめんなさいである。

「主上のお世話は私共にお任せください。太政官の皆様方には、いまから勅旨《ちょくし》をお伝えいたします」

「勅旨!?」

右大臣と新大納言が揃って声をあげた。日頃はいがみあっているくせに、妙なところで波長があっている。

「し、しかし朦朧とされておいでなら、話などおできにならぬのでは？」

「そうなられる直前に、気力を振り絞り私に命を下されました。いまからお伝えしますので、心して御覧ください」

太政官達が見守る中、伊子は懐《ふところ》から折りたたんだ陸奥紙《みちのくがみ》を出した。病床で帝が命じたことを仮名《かな》文字で記したものだ。楷書《かいしょ》の正式な文書を内記に書かせる時間などあろうはずがない。

間近にいた少納言に文書を手渡し、彼がそれを広げたのを確認してから伊子は語る。

「第一に、赤疱に罹ったことがない者の参内を当面禁じる。上の者も無理に参内させるような横暴を働かぬよう、慎重に配慮せよとのことでございます」

これはすでに皆承知していたことではあったが、こうして改めて帝の言葉となると重みと深刻さが増す。

「次に女御様方と一の宮様には、事態が落ちつくまで御所を御下がりいただくようにとのご命令です。王女御様にかんしましては、左の大臣に里帰り先を手配頂きたくお願い申し上げます」

顕充は不意を衝《つ》かれたように目を円くした。

これは伊子の独断である。さすがの帝もあの状態では、茈子《さいこ》の里帰り先までは気が回らなかった。嵩那に参内を禁じた状況では、茈子の里帰りを取りはからう者がいなくなってしまう。この場で代役を選ぶにしても誰も名乗りを上げなければ、茈子の立場が惨《みじ》めなものになる。それぐらいなら先に顕充を指名したほうが無難というものだ。

最初こそ驚いていた顕充だったが、すぐに娘の意図を察したようだった。

「承知仕《つかまつ》った」

「わ、私も承った」

「すぐに女御と一の宮様をお連れ致そう」

後に続くよう、新大納言と右大臣がそれぞれに言う。彼らは自分の娘と孫なのだからとうぜんのことだろう。

「主上は御身になにかあったときの為に、式部卿宮様にはしばらく禁足を申し付けたとのことでございます。ゆえに今日も含めて今後も宮様が参内なさらぬのは、主上を軽んじてのことではなく勅命に従ったからでございます。その点をゆめゆめ誤解なきよう」

そこまで一息に語ったあと、伊子はようやく肩の力を抜いた。

太政官達は対照的で、冒頭の〝御身になにかあったとき〟という下りでは、ほとんどの者達が顔を強張らせていた。

「最後に――」

伊子は言った。

「あらゆる可能性を想定し、万事に備えるよう主上はお命じになられました」

その発言を終えたとき、伊子が書いた文書はまだ少納言の手の中にあった。彼自身も蛇《じゃ》腹折《ばらお》りの文書を広げるだけはしているが、一読もした気配はない。必要なことは伝えたのでもはや文書に目を通す必要はないが、記録としては残さねばならぬ。

「どうぞ、病床の中でさえかように世を案じておられる主上の慈悲《じひ》深き御心に、皆さま方ぜひとも報いてくださいませ」

叱咤《しった》とも懇願《こんがん》ともつかぬ伊子の言葉に、太政官達はそれぞれにうなずいた。

この状況なりに手ごたえを覚えた。今後の対策は、この直前に開かれた陣定である程度は合議しているであろう。実施にあたって良き発奮《はっぷん》材料になるであろうし、なにより帝の天子としての品格を伝えることができたことに満足である。

「よきにお取り計らいくださいませ」

伊子は踵《きびす》を返し、開いたままにした妻戸をくぐりぬけた。

簀子に出てしばらく進んでいると、衣擦《きぬず》れの音をさせて顕充が追いかけてきた。

「そなた、童僕《どうぼく》の件について存じておるか?」

父親の脈絡のない問いに伊子は怪訝《けげん》な顔をする。童僕など御所には幾らでもいるが、この状況でなんの関係があるというのか?

「なんの話ですか?」

「検非違使《けびいし》庁から実顕が拾ってまいった。叡山でも、赤疱《あかもがさ》が出たそうじゃ」

伊子は息を呑《の》んだ。

先日の清涼殿での光景がまざまざとよみがえる。

女宮が寄越した器量の良い童僕は、叡山から来たと言っていた。彼らは褒美《ほうび》を授かるため、帝の間近まで進んでいった。

伊子は声を絞り出した。

「……されどあちらでも病が出たのは今日なのでございましょう」

「実頭が報せを受けたのは確かに本日じゃ。されど検非違使庁にはその前に報告が入っているはず。そもそも叡山の報告が、昨日の今日になるわけがない」

叡山は近江《おうみ》の国にある。いくら畿内《きない》とはいえ、座主（主席の僧侶《そうりょ》）ならともかく、たかだか童僕の病の報せが当日のうちに都に入るとは考えにくい。もしも童僕達の発病が数日前だとすれば、帝の罹患《りかん》は彼等からではという仮説が成り立つ。

そしてその童僕を寄越したのは――女宮だ。

ふと過《よぎ》った考えを、伊子はあわてて打ち消す。

帝に病をうつすため、赤疱に罹った童僕を故意に近づけた。

そんなことは絶対に不可能である。少なくとも納入の日、童僕達は元気にしていた。

あの段階で数日後に彼等が、赤疱のような恐ろしい病を発症するなど予測できるはずがない。洛外からやってきた彼等が自身でも気づかぬうちに病に罹っており、そのまま帝と対面したと考えるべきであろう。

そもそもそんなことをすれば、危険は帝のみならず御所中に及ぶ。それは罹患歴のない嵩那にも及ぶというのに、いくら女宮が大胆不敵《だいたんふてき》だからといってありえない。結果として嵩那があの場に出席していなかったのは、幸いだっただけだ。

顕充は気難しい面持《おもも》ちで壺庭《つぼにわ》の萩《はぎ》をにらみつけている。御所の殺伐《さつばつ》とした現状とは対照的な青々とした若葉がこんもりと繁っている。

いま父の中にある疑念は、伊子とほぼ同じであろう。

そんなことができるわけがない。良心云々《うんぬん》以前に、人の手では不可能な謀《はかりごと》だ。

それでもここに至るまでの東西両朝の対立を考えると、どうしてももやもやした思いが消せない。あらゆる妄想や疑念が、夏の雨雲のように広がっていく。

伊子は扇《おうぎ》の上端から、顕充の表情を盗み見た。

女宮の十八番《おはこ》を奪うような大胆なひらめきが生じる。

そうか。ならば、いっそのこと——。

「いずれにしろ……」

気を取り直したように顕充は口を開いた。

「実顕には口外をせぬよう申しておる。下手《へた》な疑われ方をすれば、式部卿宮《しきぶのきょうのみや》様にまで累《るい》が及びかねない」

　帝にかぎらず流行病がどこの誰からきたのかなど、けして断定できない。けれど童僕の病が人々の知るところとなれば、どうしたって女宮を非難する声は止められない。それが嵩那にまで及ぶ可能性は確かに出てくる。まして童僕が参内《さんだい》した日、嵩那は欠席していたから疑念に拍車はかかるかもしれないが――。

「宮様は大丈夫です」

　伊子は断言した。

「主上が発病した日、宮様は参内しておられました。左大将《さだいしょう》が証明してくれます」

　万が一にでも主上の病に嵩那のかかわりを言い出す者がいたのなら、声を大にして反論できる。自らにもうつる可能性がある嵩那が、主上の病を予見できる立場にあったのなら絶対に参内などするはずがないと。

　顕充の目に、如実に安堵《あんど》の色が浮かんだ。

「そうか、ならば安心だな」

「お父様」

　娘の呼びかけに、顕充は視線を動かす。伊子は細く息を吐き、声をひそめた。

「相談がございます」

その夜、帝の熱はさらに高くなった。

意識はいっそう混濁《こんだく》し、薬を飲ませるために無理やり起こしたときだけ辛《かろ》うじて反応したが、それ以外は目も開けずにうなされつづけた。

伊子は枕頭《ちんとう》に侍《はべ》り、読経《どきょう》と鳴弦《めいげん》の音を聞きながら一人看病に当たっていた。

明かりを灯した夜御殿《よるのおとど》は、幽玄《ゆうげん》な光に照らされている。その採光の中でも、白い肌を埋め尽くす赤い発疹《ほっしん》がくっきりと分かる。赤疱であればとうぜんの症状で、それよりも心配なのは拭っても拭っても湧き出る玉のような汗だった。

（熱が高いのだわ……）

発疹も高熱も赤疱であればとうぜんの症状で、最終的にはそれに耐えうるだけの体力があるかどうかである。その点で帝の若さは心強いが、ひどい高熱はときに呼吸困難や身体に致命的な後遺症を残すことがある。

「尚侍《かん》の君《きみ》様、氷が届きました」

几帳《きちょう》のむこうから聞こえた女房の声に、伊子は腰を浮かした。氷室《ひむろ》を開けるよう命じたのは発病が判明してほどなくのことだった。氷室は山城《やましろ》と大和《やまと》にあるが、主水司《もいとりのつかさ》がどちらを開けたのか知らなかった。

「よかった、やっと届いたのね」

距離を考えれば〝やっと〟でもないのだろうが、現状の帝には氷がなによりも待ち遠しかった。

女房が運んできた桶《おけ》には、砕いた氷が山盛りに入っていた。

「主上《おかみ》、聞こえますか？」

伊子は呼びかけるが、帝は返事をしない。薄い胸が早く浅い上下を繰り返し、うっすらと開いた唇からは苦し気な息遣いが漏《も》れ聞こえている。

「主上！」

少し声を大きくすると、眉間《みけん》にしわを刻みつつわずかにうごめく。これまでよりも大きな声で呼ばないと反応しなくなっている。目の前の氷よりも、さらにひやりとしたものが背筋を走る。

芽生《めば》えた不安を振り払うよう、頭をひとつ振る。

「氷が届きました。御体を冷やしますね」

ひとつかみほどの氷を手拭いに包み、火照《ほて》った額にのせる。位置が安定していることを確認してから手を離し、別の手拭いでもうひとつ包みを作る。それを首筋に当ててからほどなくして帝の瞼《まぶた》がぴくりと震えた。

「主上!?」

呼びかけに、帝はうっすらと瞼を持ち上げた。

祈るような気持ちで伊子は声を高くした。

「お気づきですか?」

長い睫毛《まつげ》のむこうに焦点のあわぬ黒い瞳がのぞいている。乾いた唇がわなないているのを見て、伊子は声を聞き取ろうとその口許《くちもと》に耳を近づけた。

「……み、ず」

かすれた声に、伊子は控えの女房達を呼びつけた。

飲み水は提子《ひさげ》の中に入っているが、身体を起こして飲ませなければむせてしまう。帝は自分ではまったく動けない状態だったので、いったん氷を外してから二人がかりでゆっくりと上半身を起こした。

「そのまま、しっかりお支えしていて」

女房達に命じると、伊子は水の入った杯を帝の口許に近づけた。

「主上、お水です」

しかし帝は唇を開こうとしない。声が聞こえていないのか、杯が見えていないのかは分からない。まちがいなく喉《のど》は渇《かわ》いているはずだった。仮にそうでなかったとしても、これだけの高熱で汗もかいているのだから、無理矢理にでも飲ませなくてはならない。

「主上、失礼します」

聞こえているかどうかは分からぬが、ひと際大きな声をあげて主上の口をこじ開ける。女房達はびっくりした顔をしたが、非常事態だ。玉体《ぎょくたい》に触れることが畏《おそ》れ多いなどと言ってはいられない。

左手で顎《あご》をがっちりと保持して、桶から氷片をつまみ上げて唇の間に落としこむ。冷たさが刺激になったのか、帝は目を瞑《つむ》ったまま唇を閉ざした。注意して観察すると、頬《ほお》と顎をもごもごと動かしている。無意識下の反射的な行動のように見えたが、溶けた水分を摂《せっ》取《しゅ》していることは間違いない。

「主上、もうひとつお召し上がりください」

唇に氷片を押し当てると、今度は伊子が強制せずとも唇を開けた。静かに落としこむとふたたび嚥下《えんげ》をはじめる。

「もうひとつ」

それを四、五回繰り返すと、帝の息遣いが少し落ちついてきたように感じた。

「きっと、喉がひどくお渇きだったのですわ」

女房の言葉に、もう一人の女房がうなずく。

そうだろう。これだけの高熱と発汗だ。意識が朦朧《もうろう》としているから言葉にはならなかったが、身体は芯から水を欲していたにちがいない。

「少し楽になられたようだから、いまのうちに御着替えをしていただきましょう」

小袖《こそで》は肌が透けて見えるほどぐっしょりとなっていた。玉のような汗が拭っても拭っても噴き出ているのだから当たり前だ。しかし息遣いも荒い状態だったので、身体の負担を考えると着替えもなかなか踏み切れなかった。几帳の裏には清拭《せいしき》用の布と盥《たらい》がある。良き時が来たらすぐに行えるようにと、準備だけはしていたのだ。

いまならちょうど身体も起こしている。現状の帝にとって何度も身体を起こすことは負担が大きい。ならばいまのうちにと、伊子が考えたのは必然のことだった。

二人の女房達が身体を支えているので、伊子が盥と小袖を運ぶ。女房達は申し訳なさそうだが、ここで他の女房を呼ぶような手間はかけていられない。帝の負担を考えれば可及《かきゅう》的《てき》速やかに行う必要がある。

上半身を脱がせて、首筋や腕を含めた身体の前方を固く絞《しぼ》った手拭いで拭きあげる。汚れた手拭いを新しいものに替えて、伊子は背中を支える女房に言った。

「私がお支えするから、あなた達が背中をお拭きしてちょうだい」

「承知いたしました」

正面に位置する伊子に、女房達は慎重な所作《しょさ》で帝の身体を預ける。顎を伊子の肩に預けさせ、全身でもたれた形になる。帝に力がないぶん思ったよりも重圧を感じたが、支えきれないほどではなかった。

「すぐに終わらせます」

「大丈夫よ。私はあなた達に比べて背が高いから」

気遣いからか焦りがちな女房達に、なだめるように伊子は言った。帝が顎を軸にもたれかかっていることを考えれば、背が低い相手ではたがいに負担が大きかっただろう。しかし伊子は他の女人《にょにん》よりだいぶ背が高いので、その点では丁度《ちょうど》よかった。

（それにしても、ずいぶんと大きくなられたものね……）

なぜなのか、こんなときに昔のことを思い出す。帝との出会いは伊子が二十歳《はたち》辺りの頃だったが、そのときは美豆良《みずら》に半尻《はんじり》の可愛《かわい》らしい男童だった。それがいまやこれほど美しい若者に成長した。

耳の後ろで聞こえる息遣いは、相変わらず荒い。ぴったりと密着した身体も、唐衣裳《からぎぬも》を通してでも熱いことが分かる。女房にはああ言いはしたが、この状況を見るとやはり早く横になってもらいたいという気持ちになる。

「主上、もう少しで終わりますから」

聞こえているか否《いな》かも分からなかったが、励《はげ》ましたい一心で伊子は囁《ささや》いた。小さい声では反応がないことは分かっていたが、いま無理に起こす必要はない。

「……き、み」

耳の後ろから聞こえたかすれるような声に、伊子ははっとする。女房達は聞こえなかったのか、清拭の手を止めない。伊子もこの姿勢で帝の顔を見ることもできず、なんとか様子をうかがおうと視線を後ろに動かす。もちろん不可能で、帝の細いうなじとほつれた黒髪だけしかとらえることはできなかった。

「大君《おおいきみ》…」

今度ははっきりと聞き取れた。

大君とは貴人の長女に対する呼称だ。

帝は幼少の時分、もっと厳密に言えば、こうして尚侍《ないしのかみ》となる前は、伊子のことをそう呼んでいた。意識が朦朧として、役職としての呼び名が出てこないのか。あるいは夢でも見ているのかもしれなかった。

いずれにしろ伊子を呼んだことに間違いはない。

「はい、こちらにおりますよ」

伊子が答えたとき、女房達が清拭を終えた。伊子は目配せで新しい小袖を着せるように促す。一人の女房が腕を支え、もう一人の女房が袖を通す。後ろ身頃を背に渡し、反対側の袖を通そうとする。清潔となった肌に清潔な衣。心地よさから少しは楽になってくれるとよいのだが。

帝の肩越しに女房達の仕事を眺めていた伊子は、衣のたるみを直そうとして何気なく帝の背中に手を回した。

「大君」

帝が呼びかけた。呼びかけというより、存在を確認するような言い方だった。

「はい？」

「……私は、大丈夫か？」

伊子は息を呑《の》んだ。女房達もぎくりとした顔をする。

鼓動が速度を増す。この状態の帝がどんな思いでその言葉を言ったのか、想像しただけで胸が苦しい。

自身の病状。女宮の脅威《きょうい》。玖珠子との縁談が無くなったことで収束の気配はあれ、先帝への遺恨《いこん》から東朝派の反発はいまだ根強い。その中での嵩那の擁立《ようりつ》は確かに自身で望んだこととはいえ、否《いや》が応《おう》でも帝を緊張させる。

ご案じ召されるな。お気の弱いことを仰《おお》せになりますな。

言うべき言葉はいくらでもある。けれど帝が〝大君〟と呼んだ段階で、伊子が真っ先に思いついた言葉はこれしかなかった。

帝の背に回していた腕に力を込める。乾いた衣の向こうに、伊子にとってこの世でもっとも尊《とうと》い存在がある。

「私がお守りいたします」

低く、そして力強く告げる。

抱きしめているから、帝の反応は分からない。けれど耳の後ろで聞こえる息遣いが、少し穏やかになったように聞こえた。

がくんと身体が大きく揺れ、沈みかけていた意識を強引に引き戻された。

座ったまま舟を漕《こ》いでしまっていたのだ。あわてて姿勢を戻すと、床の板敷に線状の光が描かれていることに気づく。立てかけた屏風《びょうぶ》の端から差し込んでくる光は、奥の妻戸《つまど》や襖障子《ふすましょうじ》の隙間《すきま》から漏《も》れてきたものだった。

「朝？」

自分でも信じがたい。帝の看病のために枕頭で夜を過ごした。着替えをさせたあとも汗を拭い、額を冷やし、氷が解けたあとは水を浸した布を口に含ませることで水分を摂取させた。そんなことを何度か繰り返し、帝の容態に変化がないのか見守っていた。時間がどのように過ぎていったのかも分からない。

そこで伊子ははっと我に返る。

「主上」

目の前の寝床で帝が寝息をたてていた。伊子は耳を澄まして息遣いを聞いた。昨夜のように早く浅い呼吸ではなく、ずいぶんとゆっくり深いものになっていた。顔にはまだ発疹《ほっしん》が残っていたが、湯気が上がっているのかと錯覚《さっかく》するほどの、昨日のようなひどい熱気は感じられない。

「よかった……」

胸を撫《な》でおろしたそのとき、帝が目を開いた。ぱちりという音が聞こえてきそうなほどにくっきりと開眼した。

「尚侍《かん》の君《きみ》?」

不思議そうな声は、夢から覚めた人のようだ。

ひょっとして、昨日までの自分の状況を、まったく理解していないのではあるまいか。

あれだけの高熱を出して意識も朦朧《もうろう》としていたのだから、自分がなにを口にしたのかなど覚えていなくても不思議ではない。

「御加減はいかがですか？」

「うん、だいぶん楽になったよ」

多少の気だるさは残るが、瞳も声音《こわね》もいつもの帝だった。

全身の力が抜けるような感覚に、これまでがいかに緊張していたのかを実感する。さらなる安堵《あんど》が胸を満たし、自然と目頭《めがしら》が熱くなった。

「まこと、よろしゅうございました」

かみしめるように声を漏らした伊子を、帝はまじまじと見上げていた。素直すぎる眼差《まなざ》しに軽くたじろぐ。ほぼ完徹だから、ものすごい顔になっているのだろう。三十三歳の厄年《やくどし》での徹夜はやはり堪える。しかもつい先日庚申《こうしん》をしたばかりなのに。

見られたものでも、見せられたものでもない。急に気恥ずかしくなり、誰かを呼んでいったん下がろうと思ったときだ。

「尚侍の君」

「はい？」

「近う」

衾《ふすま》から手を出して、こちらにというように指を揺らす。伊子は首を傾《かし》げながらも身を乗り出した。帝がこちらに腕を伸ばし、その指が伊子の頬《ほお》に触れた。予想もしない行為に硬直する伊子だったが、帝はなんの他意もないような表情で指を上下させた。

「泣いている」

とっさになにを言っているのかと思った。少しして、帝から涙をぬぐわれていることに気がついた。目頭が熱くなったところまでの自覚はあったが、まさか頬を伝うほどに涙を流していたとは思わなかった。

（は、恥ずかしいっ！）

自覚した途端、信じられないほどに顔が熱くなった。相手が帝でないのなら全力で身を引いてしまっていたかもしれない。

何度か頬を往復したあと、あんがいあっさりと帝は指を離した。呆然《ぼうぜん》とする伊子から視線を外し、漠然《ばくぜん》と屋根裏を眺めている。

なにをどう言って良いのかもわからず、伊子はひたすら畏《かしこ》まって帝の言葉を待つ。本当はいますぐ逃げ出してしまいたいぐらいの気持ちだが、さすがにそんな無礼は働けない。

そんな伊子の心情を知ってか知らずか、帝は視線を巡らせている。容態が落ち着いたあとの表情は、笑いこそしていないが楽し気でさえあり、いまに鼻歌でも歌いだすのではと思ったほどだ。

「あなたが、守ってくれたのだな」

そう言って帝は、くるりと首を回して枕頭の伊子を見上げた。

晴れ晴れとしたその表情は、憑《つ》き物が落ちたかのように見えた。

帝の心の動きがよく分からず、伊子はひどく戸惑った。悪い感情は生じていないと思うが、さりとていまどういう心持ちでいるのかなど断定もできない。

「あの……」

「あなたが私のことをどう思っているのか、ようやく分かった」

その一言で、先ほどまでの煩《わずら》いが嘘のように帝の意図が理解できた。

嵩那との結婚を捨ててでも自分に仕えたいという伊子の気持ちが、帝は分からないと言っていた。別に帝にかぎらず大抵の者は、女人《にょにん》にとってなによりの幸せは結婚であるという固定観念を持っているのだから仕方がない。

だから伊子が自分の所為《せい》で不幸を選択したのではという咎《とが》を、内心に抱きつづけていたのだ。いくら伊子がちがうのだと弁明したところで、結婚にかんする固定観念《こていかんねん》が消えないかぎり帝の心には刺さらなかった。

だが、それがついに刺さったのだ。

しかしあれほど頑《かたく》なだった気持ちが、いったいなぜ、この氷室から運んできた氷のようにきれいに溶けてしまったのか。喜ぶべきことにもかかわらず、解せない表情の伊子に帝は口端をきゅっと持ち上げた。

「あなたは私に仕えたいのだな」

「――最初から、そう申しておりますが」

軽く頬を膨らませつつ返した伊子に、帝は細い声をたてて笑った。さすがに爆笑するほどの力はないようだ。

なんだかよく分からないが、おそらく喜ばしいことなのだろう。

釈然としないが、そんなことよりもまず薬を飲んでいただかなければ。それに食事もほぼ二日召しあがられていないし、ともかく侍医《じい》を呼ばなければ。

「人を呼んでまいります」

腰を浮かそうとしたとき、帝はさっと腕を伸ばして伊子の手をつかんだ。指にまだ熱さは残っていたが、昨日のように身を焦がすほどの熱ではない。

目をむけると、帝は涼やかな光を湛《たた》えた瞳で言った。

「私を守ると、誓ったな」

それまで立ちこめていた靄《もや》が、たちどころに晴れていった。

昨夜、うなされながらも不安にさいなまれる帝に伊子が告げた言葉。聞こえておられた。そして覚えておられたのだ。心が震えた。だから、理解してくださったのだ。

「はい、申しました」

はっきりと肯定した伊子に、帝はこくりとうなずいた。なにもかも合点《がてん》がいったというように、その面差《おもざ》しからは生来の聡明さがにじみでていた。

「あい、分かった」

そう言って帝は、指にさらに力を込めた。

「その誓い、けして違えるでないぞ」


交代の命婦《みょうぶ》と入れ替わりに、いったん夜御殿を出た。

昨晩は他の者がなにを言っても枕頭から離れなかった。疲労も眠気もほとんど無自覚だったが、峠《とうげ》を越えたことが分かったとたん急速に全身に疲労が広がっていった。ともかく唐衣裳が重い。いや、自分の髪すら首を引っ張る錘《おもり》のように感じる。さして遠くもない承香殿までの渡殿《わたどの》が、清水坂《きよみずざか》を上っているかのようだ。しかも東にむかって歩いているので、朝日がやたらと目に眩《まぶ》しい。

その光を背に、渡殿の向こうで千草が声をあげた。

「姫様、ご苦労様です！」

夜明けを告げる雄鶏《おんどり》のような声に、伊子は眩暈《めまい》を覚えた。

朝に元気なのはよいことで、千草は悪くない。こちらの体調の問題だ。こめかみを押さえる伊子に駆け寄ると、うきうきと千草は語る。

「主上《おかみ》が持ち直されたとのことで、ほんとによかったです。おなかが空いたでしょう。粥《かゆ》を準備しております。姫様が好きな干《ほ》し鯛《だい》入りですよ」

「……ありがとう」

朝餉《あさげ》よりも先に衣を解いて寝てしまいたかったが、せっかく用意をしてくれたのだから食べないと申し訳ない。そんな伊子の心労など無視して、千草は会わなかったことを取り返さんとばかりに喋《しゃべ》りつづける。

「昨夜は祈禱《きとう》とつるうち（鳴弦《めいげん》のこと）の音がすごくて、ほとんどの者達が寝不足になったみたいですよ。けど主上が回復なされたのだから、文句を言うことじゃないですよね。聞いた話では御所だけではなく各私邸でも加持《かじ》祈禱が行われていて、都中の高僧や陰陽師《おんみょうじ》達が出払ってしまったようです」

確かに帝の病は峠を越したが、洛中《らくちゅう》での流行の可能性を否定するにはまだ早い。帝の平癒《へいゆ》祈願に加えて、自分達の為に疫病《えきびょう》退散を祈る者達も多かっただろう。帝という禁中の存在に真っ先に災《わざわ》いが降りかかったことで、人々は余計に慄《おのの》いたにちがいない。

赤疱《あかもがさ》の流行自体は、今後も予断を許さない。嵩那には絶対に自邸を出るなと、念押しのために遣いを出しておかねばと思った。

千草と並んで、長い渡殿を進む。早朝の壺庭《つぼにわ》では篝火《かがりび》はすべて燃え尽きており、火籠の中では白い熾《おき》となった割り木が燻《くすぶ》っていた。

その向こうで布衫《ふさん》姿の雑仕《ぞうし》達が掃除をする姿が見えたので、伊子は蝙蝠《かわほり》を広げて顔を隠した。立場上あたりまえのことだが、相手が勾当内侍《こうとうのないし》や小宰相内侍《こさいしょうのないし》でも、徹夜明けのこの顔は見せたくなかった。千草がぎりぎりの相手である。

「人が出てきましたね。早く戻りましょう」

察したのか千草が声をひそめる。伊子はうなずき足を速めた。

雑仕達は渡殿の伊子達には気づいていない。仕事に気を取られているのか、位置的に見えにくい場所なのか。ともかく彼等は人目を気にしないように話しはじめた。

「それにしても昨日の読経《どきょう》はやかましかったな」

「しかし、そのおかげで呪詛《じゅそ》を返せたのだから天晴《あっぱれ》だよ」

ぴたりと足が止まる。蝙蝠の上端から視線を送り、雑仕達のやり取りに耳を澄ます。一人は火箸から熾を回収し、もう一人は熊手を動かしている。どちらがどの言葉を言っているのかは分からない。

「呪詛たあ、ずいぶんと物騒なことを言うな」

「いや、だって主上の病は、東山《ひがしやま》の女宮《おんなみや》が寄越した童僕《どうぼく》のせいなんだろう」

横で千草が息を呑《の》む気配が伝わった。伊子は蝙蝠の要《かなめ》を持つ手に力を込めた。

顕充はああ言っていたが、なにをしたってこの噂《うわさ》が広がるのを止められるわけがなかった。御所で行ったことならともかく、寺の童僕が病に罹《かか》った話であれば、もともと裾野《すその》のほうから入ってきた話なのだから。

しかし、まさか呪詛という話にまでなるとは思いもしなかった。

「それが女宮の呪詛だっていうのか？」

「そういう噂だぜ。あるいは先々帝の呪い——」

「おい、滅多《めった》なことを言うなよ！」

女宮の段階でそうとうに〝滅多なこと〟ではあるが、雑仕達はいったん口を噤《つぐ》んだ。そこからはなにか警戒をしたのか、無言のまま作業をつづけていた。

これ以上、この件について彼等が話すことはないだろう。

諦めて歩き出した伊子を、千草がすぐに追いかけてきた。

「姫様、いまの話……」

「馬鹿々々しい」

吐き捨てるように言った伊子に、千草はおびえた顔になる。それも然《しか》り。自覚はなかったが、そのときの伊子は鬼のように険しい形相《ぎょうそう》をしていたのである。

乳姉妹《ちきょうだい》の反応など一顧《いっこ》もくれず、伊子は己だけに聞かせるように声をくぐもらせる。

「あの方が、そんな不確かなものに頼るわけがないでしょう」

第三話

こんな日々も悪くない

帝《みかど》が持ち直したその日、疫病《えきびょう》退散を願うための『四角四堺祭《しかくしかいさい》』が催《もよお》された。

　これは宮中のみならず、都全体の疫病の退散を願う大規模な祭祀《さいし》である。大内裏《だいだいり》の四隅に加え、都の境界とされる逢坂《おうさか》、和迩《わに》、大枝《おおえ》、山崎《やまざき》の四か所、計八か所に設けた斎場で祓《はら》えが行われた。

　その効能なのか、いまのところ宮中を含めて洛中《らくちゅう》に赤疱《あかもがさ》流行の兆《きざ》しはない。洛外《らくがい》での流行も収束の兆しがあると実顕《さねあきら》から聞いた。そうなると此度《こたび》の帝の発病は、まさに椿事《ちんじ》としか言いようがなかった。

「童僕《どうぼく》達を引率した僧侶《そうりょ》が、行きも帰りも寄り道をしなかったということでしょうね」

「不幸中の幸いだったわね」

「主上《おかみ》が臥せてしまわれたのだから、幸いなんてことはないわよ」

「そういうつもりで言ったのでは……」

　台盤所《だいばんどころ》から漏《も》れ聞こえてくる女房達のやりとりを、伊子《かのこ》は母屋《もや》で聞いた。夜御殿《よるのおとど》にて療養をつづける帝のもとに、薬を運ぶ途中だった。

　あの後、熱はすっきりと下がって食欲も回復している。もはや心配はいらぬと侍医《じい》は言ったが、発疹《ほっしん》がまだくっきりと残っていたので、もう少し寝所に籠《こ》もることにしたのだ。

　赤疱の発疹は数日で消えるものだが、帝という立場ではやはり周りを警戒させてしまうというのが理由だった。

薬湯の入った土器《かわらけ》を手にしたまま、いったん引き返して襖障子《ふすましょうじ》に耳を寄せる。女房達の雑談がさらにはっきりと聞こえてくる。

「僧侶達は以前からの罹患者《りかんしゃ》が多かったので、山自体は大きな騒ぎにはなっていないらしいわ」

「そうだとしても帝の御病の原因とはなったのだから、罰当たりには違いないわ。自省をすべきよ」

賢《さか》しらな女房の言い分に、伊子は渋面《じゅうめん》を作る。流行病《はやりやまい》にかんして、出処の責任を追及することは無体である。故意に罹《かか》った者などまずいないし、病神の仕業《しわざ》であればそれこそ人を責めるなど理不尽である。

だというのに恐怖と混乱に捕らわれた者達は、誰かの所為《せい》にしてその者を責めることで安穏《あんのん》を得ようとする。

「いずれにしろ、童僕を手配した女宮様《おんなみや》は立つ瀬がないわね」

先日雑仕《ぞうし》達が語っていたのは、つまりこういうことだった。

今回の帝の病にかんして、宮中では女宮を非難する声が日に日に高まっていたのだ。

奇跡的にも発病したのが帝だけという状況もあり、流行病ではなく呪詛《じゅそ》ではないかという噂《うわさ》もまことしやかにささやかれている。

もちろん表立って口にする者はいない。

童僕を手配した責任ならまだしも、呪詛の疑念など迂闊《うかつ》に口にすることではない。だからこそこうして同僚達で顔をあわせると、男も女も鬱憤《うっぷん》を晴らすように、あるいは面白半分にその疑念を口にするのだ。


「帝の病は、女宮の呪詛だったのではないか？」


伊子はそっと目を伏せ、顎《あご》を揺らすように首を横に振った。

予想はしていたが、思ったよりも大事になっている。

怯《ひる》みはしたが、ここで中途半端に執《と》り成したところで意味はない。もとよりそのつもりもない。

必ず帝を守るという伊子の誓いは、すなわち女宮と戦うという意味である。

呪詛の疑念も、そもそも童僕の件で責められること自体が理不尽だ。これが友人や部下が非難されていたのであれば、この場に飛び込んで女房達を叱《しか》りつける。しかし女宮相手にそんな情けはかけるつもりはない。

宋襄《そうじょう》の仁《じん》は自滅を導く愚策《ぐさく》でしかない。

伊子は踵《きびす》を返し、足音を忍ばせて襖障子から離れていった。

そのまま昼御座《ひるのおまし》を迂回《うかい》し、夜御殿への妻戸《つまど》をくぐる。風通しの為に戸は開け放ち、屏風《びょうぶ》や几帳《きちょう》をたてることで目隠しをしている。

屏風のむこうの寝床では、脇息《きょうそく》にもたれた帝が手にした鏡をのぞきこんでいた。八稜《はちりょう》形《けい》の銀鏡で、背面には唐草の紋様が鋳込《いこ》んである。普通は鏡台にかけて使うものだが、もたれているのでそれはかなわない。

「まだ、目立つな」

入ってきた伊子に聞かせるように、帝は独りごちた。

発疹がもう少し目立たなくなるまでは表に出ないほうが良い。提言を素直に受け入れこそしたが、だからこそ治り具合が気になるのだろう。帝に仕えて一年以上経つが、彼がこれほど日に何度も鏡を使うのをはじめて見た。

「さように一寸刻みでご確認をなされても、回復の早さは変わりませぬよ。それよりも滋養《じよう》を摂《と》ってしっかりお休みください」

言いながら伊子は帝の横に膝をついた。

「御薬でございます」

帝は顔をしかめた。その顔に表れた発疹はずいぶんと薄くはなっていたが、まだ点在している。

「その薬はだいぶん飲みにくいな」

声はすでに溌溂《はつらつ》としているが、侍医の診立《みた》てではまだまだ気の消耗《しょうもう》が回復していないということで、この薬湯が処方されたのだ。

「良薬口に苦しです」

そう言って伊子が差し出した薬を、帝はしぶしぶ口にした。子供ではないからさすがにごねたりはしないが、傍目《はため》にもだいぶんまずそうだ。案の定《あんじょう》飲み終えたあと、小さな噯気《げっぷ》を漏らした。

「お水を差し上げましょうか？」

「ああ、頼む」

帝は薬湯が入っていた土器を差し出した。口の中にはまだ苦みが残っているようで、伊子が提子《ひさげ》から水を注ぐと一気に飲み干した。健康であればとうぜんの、危なげのない嚥下《えんげ》がつくづくありがたい。土器を伊子に返すと、帝は手の甲で唇を拭った。

「しかし私がよくならねば、奏上の採決が滞《とどこお》るではないか」

「――裁可に急を要する奏上であれば、こちらにお運びいたしますので」

なだめるように伊子が言っても、やはり性分で帝はしきりに内裏や市井《しせい》の様子を聞きたがった。ひとつひとつ答え、場合によってはごまかしつつ応じていた伊子だったが、とうとう声を大きくした。

「あれこれ考えずに、ご養生《ようじょう》いただくことが第一です」

正論に帝はぐうの音《ね》もなく、叱られた子供のように頰《ほお》を膨らます。滅多《めった》にないその表情がおかしくて、伊子は袖口《そでぐち》で口許《くちもと》を押さえて懸命に笑いを堪えた。すると帝はますます不《ふ》貞腐《てくさ》れた面持《おもも》ちとなり、衾《ふすま》を肩までかけるとそのまま横たわってしまった。

叡山《えいざん》から訴状《そじょう》が届いた、という話を顕充から聞いたのはその日の夕刻だった。

いつもは父が訪ねてくるのだが、その日は彼の直盧《じきろ》に呼び出された。

昼過ぎに急遽《きゅうきょ》陣定《じんのさだめ》が開かれたことは知っていたが、議題は疫病関連か、あるいは十数日後に控えた立坊式《りつぼうしき》関連だと思っていた。まさか叡山から訴えがあったなどと想像もしていなかった。

「とうぜん主上《おかみ》の裁可を仰《あお》がなければならぬ。されど体調がまだ優れぬようであれば、あまり煩《わずら》わせたくはない。実際のところはいかがであろうか？」

「少々面《おも》やつれした感はございますが、お話しは普通になされておいでです。なにしろお若いので、むしろ元気を持て余していらっしゃるようです」

「さようか……」

「内容によりけりです」

安堵《あんど》した顕充に、釘を刺すように伊子は言った。

「どの程度重要なことなのか、また急を要することなのか、そこで判断は変わって参ります。ひとたびお耳に入れてしまえば、いくらお諫《いさ》め申し上げても、主上は無理をしてでも問題の解決にあたろうとなさるでしょう。忍びないと言えば忍びないことです」

顕充は渋面を作った。

重要な案件であればこそ、帝の裁可は必要となってくる。しかし複雑、あるいは長引くような内容であれば、病が癒《い》えぬ身体《からだ》に負担をかけてしまう。

内覧たる顕充には、奏上を内見して政務を代行する権利がある。しかし彼は今日まで、帝の立場を重んじ、その権利を施行したことはなかった。

顕充は眉根《まゆね》を寄せて考えこみ、すぐに判断を下せずにいるようだった。基本的にはすべて帝の裁可を仰ぐ顕充がこれだけ躊躇《ちゅうちょ》するというのは、よほど難儀《なんぎ》な案件が持ち込まれたということなのか。

「叡山の者達は、なにを訴えてきたのですか？」

「罷免《ひめん》された、前の座主《ざす》の復職を求めてまいった」

「前の座主？」

「今上《きんじょう》の父上であらせた先の皇太子の立坊に異を唱え、先帝に罷免された方だ」

またか、と伊子は内心でうんざりとした。

追儺《ついな》の騒動を起こした治然律師《ちねんりつし》と、まったく同じ理由である。

先帝の横暴が原因で、いま生きている者達がいったいどれほどの尻拭いをさせられているのだろう。今上と嵩那《たかふゆ》など、その最たる人物である。被害者だと言わないのは、彼等が皇統の男子というそれを背負わねばならぬ立場にあるからだ。

「理不尽な理由で罷免の憂《う》き目をみた先代座主を、是非とも慰藉《いしゃ》したいと申しておる」

「それで陣定では、どのような意見が出たのですか？」

「意見など出るはずがない」

顕充は言った。

「その座主は、すでに身罷《みまか》っておられる。罷免された翌年であったから、当時は悲憤《ひふん》のあまりであろうと噂されたものだが、いずれにしろ三十年近く前の話だ」

「そんな、その方をどうやって復職させろと」

「だからはじめから、交渉するつもりなどないのだ」

顕充は彼には珍しい、腹立ちをあらわにした口調で言った。

確かにそうとしか思えない。そしてこんな難題、いまの帝にはできることなら耳に入れたくはない。

「彼奴等《かやつ》、要望が受け入れられなければ、内裏《だいり》に押し入ることも辞さぬと申しておる。要するに強訴《ごうそ》をほのめかしてきたのじゃ。されど赤疱《あかもがさ》のことを考えれば、なんとしても洛《らく》中《ちゅう》入りは阻止せねばならぬ。検非違使《けびいし》に警固を固めるようにと実顕にも申しつけた」

顕充が口にした〝赤疱〟という言葉に伊子ははっとした。

そうだ。帝と接した叡山の童僕達は、山に戻って赤疱を発症していた。そんな場所から人が押しかけてきたら大変なことになる。

寺社の強訴は屈強な僧兵や神人により、仏力や神威《しんい》を盾に強行される。

さりとて最初からそのような強硬手段に出るわけではない。まずは訴状にて訴えでるのが普通だ。もちろん願いが聞き入れられれば引き下がる。

かといって朝廷も、そう一方的に訴えを聞き入れるはずもない。結果として神木《しんぼく》、神輿《みこし》を笠《かさ》に着ての強訴に至るのである。

しかし今回は勝手が違う。

亡くなった前の座主を復職させろなどと、絶対に不可能な要求を突きつけてきた。意味も目的も分からない。そもそも三十年近く前に身罷った人物の遺恨《いこん》など、いま叡山に仕えているいったい何者が持ちつづけていたものなのか。もはや強訴をするために、因縁《いんねん》をつけているとしか思えなかった。

その考えに思い至った瞬間、伊子は息を呑《の》んだ。

「やはり主上には申し上げないでおこう」

腹をくくったように顕充は言った。父はこの件を病床の帝に伝えるべきか否《いな》かを思い悩み、いまの容態を訊くことも含めて伊子に相談に来た。しかし事の不可解さと混乱ぶりを考えれば、帝には伝えるべきではないという結論に至ったのだ。

「お父様」

「ん？」

「叡山側に、もう返答はなさいましたか？」

「いや。いま申したように、主上に奏上するか否《いな》かを考えあぐねておった。ゆえにまだ叡山側にはなにも伝えておらぬ」

「そのお返事、しばしお待ちくださいませ」

伊子の要求に顕充は訝《いぶか》し気な顔をする。

「叡山衆を説得してもらう人物に、宛《あ》てがございます」

「宛て？」

娘の言葉をそのまま問い返した父親に、伊子は深々とうなずいた。

「入道《にゅうどう》の女宮様です」


翌日。伊子は誰にも行き先を告げずに、御所を出た。

呪詛《じゅそ》の疑念がかけられている女宮の邸《やしき》に行くなどと告げれば、なにを言われるか分かったものではない。今日、伊子がどこに行くのかを知っているのは、昨夜話をした顕充のみである。

半月前の法会《ほうえ》のときと同じ経路で、東山《ひがしやま》にむかう。

がたがたと音を立てる牛車《ぎっしゃ》の中、千草《ちぐさ》は露骨に不満気に言った。

「本気であんな伏魔殿《ふくまでん》に乗り込むつもりですか？」

伏魔殿といううまい喩《たと》えに、物騒な言葉にもかかわらずつい噴き出してしまう。

卯月《うづき》に入ったばかりの今日は、この季節らしく空気が湿気を含んでいる。雨こそ降っていないが、薄鈍《うすにび》色の雲が立ちこめた空はどうにもすっきりしない。季候にあわせた褻《け》の装いは薄色の単《ひとえ》、白地に桔梗《ききょう》の花を織り出した顕文紗《けんもんしゃ》の袿《うちき》である。

伊子は胸を張り、力強くうなずいた。

「虎穴《こけつ》に入《い》らずんば虎子《こじ》を得《え》ず、よ」

「なんですか、虎子って」

千草は懸念《けねん》の色を隠さない。もちろん成句の意味が分からぬのではなく、伊子が求める虎子はなんであるのかという問いだ。

しかし伊子は答えなかった。

これから自分がしようとしていることを知れば、さすがの千草も引くだろう。他の者であれば蛇蝎《だかつ》の如く嫌われるかもしれない。ここで迂闊《うかつ》に口走り、千草から軽蔑《けいべつ》の目をむけられたりしては心が折れかねない。

只《ただ》ならぬ決意を感じたのか、千草はそれ以上なにも聞いてこなかった。

鴨川《かもがわ》沿いに、牛車は北上してゆく。そろそろ到着かと感じていると、とつぜん車が止まった。

「え、着いたの？」

それにしては停車が急だった。しかも前触れもなにもない。

千草が不審な面持ちで物見をあげると、下には浅黄《あさぎ》色の水干《すいかん》を着けた牛飼《うしか》い童《わらわ》が回ってきていた。

「どうしたの？　犬の死骸《しがい》でもあったの」

「いえ、犬ではなく……」

「大君《おおいきみ》！」

聞き覚えのある声に、ほとんど反射的に前簾《まえすだれ》をかき分ける。声が前方から聞こえたからだ。黒牛の巨大な背中越しに、馬に跨《またが》った嵩那がいた。萌黄《もえぎ》色の顕文紗《けんもんしゃ》の狩衣《かりぎぬ》。薄平《うすひら》（袖《そで》括《くく》りの緒）の染めは櫨緂《はぜだん》である。

「やっと来られましたね」

「……待ち伏せしていらしたのですか？」

「はい。左大臣《さだいじん》から、東山においでになるとお聞きしましたので」

それしかないだろう。伊子の行き先は、いま同行している者をのぞけば顕充しか知らない。ひょっとしたら実顕の耳にも入ってるかもしれないが、いずれにしろ嵩那が伊子を待ち伏せしていたのだから、彼等が教えたということだ。

「どうも娘が良からぬことを企《たくら》んでいるようなので、同行してやって欲しいと頼まれました」

良からぬことはひどい言われようだが、的《まと》を射《い》てはいる。伊子は己の企《たくら》みを詳しく話さなかったが、父として、あるいは政治家として顕充は感じ取ったのだろう。

「禁足中でございましょう」

「さすがにそれは解除していただきました」

御所内はまだ油断できないが、市井《しせい》のほうは落ちついている。まして洛中に比べて人気《ひとけ》もまばらな東山に行くのだから、そこまで神経質になることもない。

「叔母上《おばうえ》のところに、私も参ります」

断言だったので、止めても無理だろうと悟った。

顕充から聞いたのなら、叡山の訴状《そじょう》の話は知っているはずだ。そこに女宮の関与を感じ取ったところまでは伊子と同じであろう。

ならば止めたところで無駄である。

案の定嵩那は、伊子の返事も待たずに馬を走らせていった。

「宮様が同席下さるのなら、心強いですね」

声を弾ませる千草を傍《かたわ》らに、伊子は複雑な気持ちのまま簾越しに嵩那の後ろ姿を目で追いかけた。胸の奥の方でちくちくと蠢《うごめ》いていた憂鬱《ゆううつ》な気持ちが、靄《もや》か霧《きり》のような勢いで瞬く間に全体に広がっていく。

この先の女宮との対峙《たいじ》は、できることなら人には見られたくなかった。ましてそれが愛する人というのは、なんとも辛《つら》くやるせない。

（致し方ない……）

これまで女宮にはさんざん痛い目にあわされてきた。玖珠子《くすこ》と朱鷺子《ときこ》のおかげでようやく一矢《いっし》は報いたが、それは伊子の手柄ではない。女宮はまだ伊子のことを、他の女と同じように軽んじているだろう。

その気持ちを覆《くつがえ》さなければ、この先はない。

意図せぬ童僕《どうぼく》の発病。その結果、呪詛の疑念をむけられた女宮はいま窮地《きゅうち》にある。ここが狙い目だ。弱った女宮をここで叩いておくのだ。中途半端に手を緩《ゆる》めては、さらなる反撃を受けることは目に見えている。

帝を守るため。そして嵩那を巻きこまぬため。

（かならず仕留めてみせる）

伊子は膝の上で拳にぎゅっと力を込めた。

牛車の速度がはっきりと分かるほどに落ちてきた。牛飼い童が物見のむこうで、目的地への到着を告げた。

女宮の邸は、人気もなく静かだった。

前に訪問したときは法会が催《もよお》されていたから、非常ににぎわっていた。その記憶が強いだけに、まるで別の場所に来たような気さえする。本来出家《しゅっけ》した者の邸などこんなものかもしれないが。

嵩那と並んで、先日と同じ中年の女房の先導で寝殿に入る。

法会の時には開放されていた東西の二枚格子《にまいこうし》は、今日は下半分は固定されたままで内側に御簾《みす》が下りていた。

千草を簀子《すのこ》に控えさせ、妻戸《つまど》から廂の間に入る。

女宮は御簾のむこうの昼御座《ひるのおまし》にいた。伊子達が入ってきたからなのか、ゆっくりと脇息《きょうそく》から身を起こして向き直る。梔子《くちなし》色の小袿《こうちぎ》に白橡色の袈裟《けさ》が簾越しに見えた。

「しばらくですね」

そう言った女宮の口調は明確に不快気だった。自身にかんする宮中での噂《うわさ》を知っているのなら、それでとうぜんである。しかも少し前には、手駒《てごま》にと目論《もくろ》んでいた玖珠子から撥《は》ねつけられたばかりでもある。

「叔母――」

「いえ、尚侍《かん》の君《きみ》は半月程前にお会いしたばかりだったわね」

横にいた嵩那がなにか言おうとしたが、その言葉を女宮はさえぎった。確かに法会のさいに顔は見た。しかしあのとき伊子はすでに見限られていたので、主上《おかみ》の遣いとして来たにもかかわらず声もかけられなかった。

「それでご用件は？　先日お会いしたばかりだというのに、なにか失念なされていたのかしら？」

「いえ。本日は女宮様にお願いがあって参りました」

御簾内の女宮はもちろん、隣の嵩那の驚きまでもが伝わった。これまでの二人の関係を考えれば、願い事などの言葉は絶対に出てこない。

しばらくの沈黙のあと、女宮は声をたてて笑った。

「どうなされたの？　まだお若いのに、焼きが回ってしまったの？」

若いという言葉が嫌みなのか本音なのか、女宮の年齢を考えれば微妙なところだ。

「いえ。女宮様以上の適任者はいらっしゃいません」

「まあ、それはずいぶんと見込んでいただいたものね」

先ほどの笑いの余韻《よいん》を残した声音《こわね》には、あきらかな警戒がにじみ出ている。伊子がなにを言いたいのか見当がついていないのだろう。

自分につけ入られる弱みがなければ、たとえ伊子の意図が分からずとも余裕でいられただろう。しかしいまの女宮は弱みだらけだ。手駒《てごま》と狙っていた玖珠子と新大納言《しんだいなごん》を逃した上に、童僕《どうぼく》の件で帝に大きな負い目を作ってしまった。

（にもかかわらず、こんな手段に出るとはね）

この女人《にょにん》のたくましさを、あらためて思い知らされた。余生を考えればここで手打ちにしたいというようなことを嵩那に言ったらしいが、だとしたらいまの彼女は、消えゆく寸前により大きくなる蠟燭《ろうそく》の炎である。

しかし油断はならぬ。一寸後に消える火でも、その前に燃え移れば建物を焼き尽くすことができる。

「それで、お願いってなんなのかしら？」

「叡山衆に訴えを取り下げさせてください」

躊躇《ちゅうちょ》なく告げられた依頼に、女宮はしばし沈黙していた。やがてくっと小さく笑い声を漏《も》らし「ずいぶんと買い被《かぶ》られたものね」と言った。

「確かに私は、各所の寺社に縁故を持っております。されど北嶺《ほくれい》（叡山のこと）のように巨大な寺が決めた決断を覆すほどの力はございませ――」

「寺が決めた決断でしたら、確かにそうでしょう」

白々しく語る女宮の言葉を伊子は遮《さえぎ》った。

「しかし今回の訴状は、あなた様が叡山を促して出させたものですから」

「え!?」

嵩那が短く驚きの声をあげた。

北嶺を自在に動かすほどの力はない。先ほどの女宮の発言からすれば、確かに伊子の言い分は筋が通っていない。実際に南都《なんと》北嶺のような巨大な組織を意のままに操れる人物など存在しない。

しかし今回の訴状にかんしていえば、叡山衆が自ら望んで出したとは思えなかった。どうしたって受け入れられない訴えは、強訴をするためにつけられた因縁《いんねん》だ。だが領地問題や人事など、彼等にとって利があることならともかく、今回のようなことのために強訴を強行する理由がない。そうなると今回の訴状は叡山の本意ではなく、半ば強制されたものと考えたほうが腑《ふ》に落ちるのだ。

「尚侍の君は、随分《ずいぶん》と空想逞《たくま》しい方だったのね」

あからさまに小馬鹿にした女宮の物言いに、伊子は微塵《みじん》も揺るがなかった。

「けれど少し妄想が過ぎるようね。人の話もよく聞いていらっしゃらない。私が叡山衆にそこまで強《し》いることはできないと、先ほど申し上げたばかりでしょう」

「確かに常であればそうでしょう。しかしいまのあなたは叡山の弱みを握っている」

「弱み？」

訝《いぶか》し気につぶやいたのは嵩那だった。女宮は黙りこんでいる。彼女がどのような表情をしているのかは御簾があるから分からない。

「弱みというよりは負い目ですね。貸しだした童僕が赤疱《あかもがさ》を発症し、おそらくだがそれが主上の病の原因となった。そのことによってあなたに呪詛《じゅそ》の疑いがかけられてしまったという負い目です」

流暢《りゅうちょう》な伊子の語りにも、御簾内の女宮はかわらず無言を貫き通している。

伊子は口角を右側だけくいっと持ち上げた。

「さすがですね。普通であれば自身の潔白を訴えるためにも叡山の責任を追及するところなのに、敢《あ》えて非難をしないことで貸しを作るだなんて――」

そもそも疫病《えきびよう》にかんして犯人などいるわけもないのだが、発症元がここまで明確であればどうしたって非難の目は避けられない。女宮は自分の身を守るために叡山を非難することもできた。

だが彼女はそれをせず、貸しを作ることを選んだ。

先帝がらみの強訴で都が混乱に陥れば、いったん収束しかけていた西朝《せいちょう》派に対する非難がまた再燃する。赤疱が先々帝の怨霊《おんりょう》ではという噂も拍車をかけるだろう。そのことで東朝《とうちょう》は息を吹き返すことができる。

「天晴《あっぱれ》です」

「仮に私に呪詛の嫌疑がかけられたとしても、実際にしていないのだからなにも恐れることはないもの」

はじめて女宮が口を開いた。予測は当たっていた。女宮が呪詛のように不確かなものに頼るわけがないのだ。

「確かに叡山衆に強訴を起こすように促したわ。今上に不満はないからはじめのうちは躊躇《ためら》ってはいたけれど、若い帝には山の力を早いうちに誇示せねば、先帝のような横暴を招きかねないと説得したら、すぐに乗ってきたわ」

なにが神威《しんい》だ、俗物どもが。

舌打ちをしたくなるほどの腹立たしさを抑え、伊子は気を取り直す。

「叡山衆に、訴えを取り下げさせてください」

「なぜ、私が承諾《しょうだく》すると思うの？」

冷ややかに女宮は返した。

そうだろう。いまの流れで、女宮が伊子に折れる理由はどこにもない。伊子は真相を明らかにはしたが、女宮を強請《ゆす》るような材料はひとつも提示していない。いまの段階ではあくまでも依頼する側なのだ。

「叔母上《おばうえ》っ……」

「あなたはなぜ、父親の無念を汲《く》もうとしないのですか！」

たまりかねて腰を浮かしかけた嵩那に、女宮の一喝《いっかつ》が飛んだ。

伊子は息を呑《の》んだ。女宮がここまで声を荒らげたのを聞いたのははじめてだった。鬱屈《うっくつ》した思いや怨念のような毒のある言葉を吐いたことはあったが、冷ややかな態度を崩したことは一度たりともなかった。

中途半端に腰を浮かした嵩那は、一見して気圧《けお》されたかのように見えた。

しかしそうではなかった。嵩那はその姿勢のまま御簾の先を睨《にら》みつけていた。伊子には彼のもどかしさと怒りが手に取るように伝わってきた。そうだろう。嵩那のような気性の人間にとって、いまの叱責《しっせき》は理不尽以外のなにものでもないのだから。

嵩那は細く息を吐きつづけた。怒りをゆっくりと吐き出し、空気に溶かし込んでいっているかのようだった。

「親の無念を晴らすために、自分の生涯《しょうがい》を費《つい》やすつもりはありません」

きっぱりと嵩那は言い返した。

「そもそも私にとっての屈辱《くつじょく》は、皇統を独占されたことよりも亡き父上が怨霊扱いされることのほうなのです」

嵩那の眼差《まなざ》しは、御簾などないかのようにしっかりと一点を見つめていた。伊子には分かる。御簾のむこうで女宮が歯軋《はぎし》りをしているさまが。彼女は父と兄の無念を晴らすために自分の生涯を費やしている。それは結婚も出産も許されない甲斐のない内親王として生まれた彼女の生きる糧《かて》でもあったのだ。

だが嵩那のいまの言葉は、その彼女の糧を頭から否定したのだ。

嵩那は悪くない。自分の価値観を絶対に正しいものとして、他人を思うように動かそうとした女宮が悪いのだ。嵩那にしても玖珠子にしても、甘い餌《えさ》を与えておけば簡単に手懐けられるなどと人を軽んじすぎている。特に嵩那は、皇位も父の無念を晴らすこともまったく望んではいなかった。

そもそも先々帝の意向自体が定かではない。彼は生前ずっと帝位にありつづけ、その崩《ほう》御《ぎょ》により先帝が即位をした。だから先帝が自分の息子を立坊《りつぼう》させたことは知らずに身罷《みまか》ったのだ。

「確かに先帝はなにかと問題のある方でした。彼の独断は、祖父帝と父帝を軽んじたのかもしれない。けれど故人を貶《おとし》めるという点では、あなたの独善のほうがよほど上回る」

「この、痴《し》れ者《もの》！」

御簾奥から、絹を裂くように女宮が叫んだ。

先刻の一喝など比にならぬほどに、口調も内容も苛烈《かれつ》だった。

「男のくせに、嘆《なげ》かわしい！　私があなたであれば、なんでもできたのに……せっかく男子として生まれておきながら、そのていたらく。なんのための人生か！」

女宮の罵倒《ばとう》に、伊子は絞るように強く目を瞑《つむ》った。

絶望的な価値観のちがいを突き付けられて、成す術《すべ》どころかかける言葉も思い浮かばなかった。

「あなたもよ！」

女宮の矛先《ほこさき》が自分に向いたことが、伊子はとっさには分からなかった。

「あなたも女のくせに――」

「私自身が納得するための人生です！」

まるで伊子をかばうように、嵩那が女宮の罵倒を遮《さえぎ》った。正直なことを言えば、そうされるまで伊子は矛先を向けられたことに気づかなかった。

「なんのための人生かと問われるのなら、私の人生は私が納得するためにあります。それ以外の何物でもありません」

毅然《きぜん》と告げられた嵩那の言葉を、女宮はどんな気持ちで受け取ったのだろう。

皇親としてあまりにも無自覚で幼い、自己中心的な考え方だと絶望したのか？

しかし女宮が東朝の復活に固執することとて、彼女がままならぬ自身の人生を納得のいくものとするためではないか。本当に女宮は気づいていないのだろうか？　自身の言葉の矛盾《むじゅん》とその越権ぶりに。

双方を隔《へだ》てる薄い御簾が、まるで天《あま》の磐屋《いわや》を隔てる重い磐戸《いわと》のように感じる。あらゆる神々が策を講じても、がんとして動かなかったあの巨大な磐だ。

「あなたがなんと言おうと、私は兄上の無念を果たしてみせるわ」

女宮の語気には、周囲を燃やしつくすかのような執念がにじみでていた。

嵩那は表情を歪めた。いかに覚悟をしていても、痛いものは痛い。まして彼にとって女宮はもっとも近い身内の一人だ。しかも幼少期は母親代わりのような存在だったというのだ。

やはり――女宮との関係が近すぎて、嵩那は情を消せない。もとよりそうであろうとは思っていたが、だからこそこれから伊子が為す行為が、嵩那の内にどんな感情を呼び起こすのかが怖かった。

けれど、逃げるわけにはいかない。

今日、必ず女宮を仕留めるのだと誓ってここまで来たのだから。

伊子は深く息を吐き、感情を整える。そうして嵩那と女宮の間の張りつめた空気が、少し疲弊《ひへい》したのを見計らって口を開く。

「ところで女宮様は、山桜桃《ゆすら》という法師をご存じでしょうか？」

場違いな伊子の問いに、女宮が答えなかった。火に油を注がれた憤懣《ふんまん》やるかたない怒りが御簾を通して伝わってきた。嵩那も胡乱《うろん》な眼差しをむけた。

「市井《しせい》で評判の、腕利《うでき》きの私度僧《しどそう》です」

「私度、僧？」

言い慣れぬ言葉を口にするよう、女宮はぎこちなく言い返した。彼女の育ちと性質を考えれば、かなり縁遠い存在であっただろう。

相手の混乱に対し、まるでその隙《すき》をつくように伊子は言った。

「その者が女宮様に依頼され、主上《おかみ》を呪詛したと証言しております」

「私が、呪詛ですって？」

御簾向こうで、女宮はかすれた声を出した。

「……叔母上」

信じ難いというように呼びかけたあと、嵩那は慌てて伊子を見る。その動きは視界に入っていた。しかし伊子はわざと気づかぬふりをしてやり過ごす。彼の眼差しがたちどころに困惑から非難に変わるのは目に見えていた。

「身に覚えはございますか？」

「あるわけがないでしょう」

空々《そらぞら》しく尋ねた伊子に、女宮はかすかに苛立《いらだ》ちをにじませた口調で答えた。ただし動揺《どうよう》は微塵《みじん》も感じられない。

先ほど女宮は、疑われたところで自分は呪詛などしていないのだからなにも恐れないかのように言っていた。冤罪《えんざい》や謀略《ぼうりやく》で呪詛犯に仕立て上げられた者は、過去にも枚挙《まいきよ》に遑《いとま》がない。もちろん女宮も知っているだろう。しかし彼女を呪詛犯に仕立て上げる利点が朝廷にはない。その点では嵩那を嵌《は》めたほうが、政治的利を得る者は大勢いる。

つまり冤罪をかぶせてまで、女宮を失脚させようとする者はいない。

だからこそ、呪詛をしていない女宮は胸を張っているのだ。

「確かに世間がいま私に抱いている疑念を考えれば、回りまわってそんなことを言い出す輩《やから》も出てくるやもしれませぬ。されど天下の検非違使《けびいし》がさように氏素性《うじすじよう》も分からぬ者の証言を鵜呑《うの》みにするわけもありますまい」

もっともなことを女宮は語る。冷ややかで距離を置いたいつもと同じ口ぶりが、さすがに少し上滑りしていた。

「そもそも証《あかし》がございませぬでしょう」

女宮は呪詛などしていない。ならば証拠などあるはずがない。

とりとめもない噂《うわさ》と些細《ささい》な物証では役に立たない。一品の内親王を捕らえるのは、山桜桃法師を捕縛した検非違使庁ではなく、実質的な邦国最高の機関である太政官《だじょうかん》である。

その太政官を納得させるためには、確実な証拠が必要だった。女宮が多少の動揺は覗《のぞ》かせつつも、この強気な態度を崩さぬのはそれゆえである。

「証は作るものです」

自分が口にした言葉が、挽《ひ》き臼《うす》のように胸を圧迫する。

息が苦しい。これまで自分が育ててきた道義や良心のすべてが、いまの一言で瞬く間に粉砕されてゆく。

嵩那が息を呑む気配が伝わってきた。

しかし御簾《みす》向こうの女宮の反応は伝わってこない。動じているのか怯《おび》えているのか、あるいは怒っているのか、もしかしたら理解できていないのかもしれない。

敵に冤罪をかぶせて失脚させるなど、古来より使い古された手である。にもかかわらず女宮が伊子の行動に衝撃を受けているとしたら、それこそが彼女が伊子を嘗《な》めていたなによりの証拠である。

自分以外の女人《にょにん》を軽んじている女宮は、所詮《しょせん》女でしかない伊子がここまでやるとは思っていなかったのではないか。もしも相手が右大臣《うだいじん》であれば、有能でも策略家でもない彼でも、男というだけの理由で女宮はもう少し警戒していたのではなかったのだろうか。

「山桜桃法師の証言通りに掘り返したところ、朱砂《しゅしゃ》で主上のお名前を記した土器《かわらけ》が見つかりました」

「そんな物は、いくらでも捏造《ねつぞう》ができるでしょう」

ようやく女宮が口を開いた。言い分はもっともだ。呪詛の物証など、いくらでも捏造できる。被疑者を犯人とする手段は入念な調査ではなく、そのときの権勢なのだ。

「ですが主上の御病により疑念があなた様に集まる中、これは非常に有力な証拠になりうるものと存じます」

「大君《おおいきみ》！」

堪りかねたように嵩那が声をあげた。

経験したことのない痛みに、気が遠くなりかける。挫《くじ》けそうになる自分を叱咤《しった》して平静を保つ。

伊子は嵩那を一瞥《いちべつ》もしないまま言った。

「叡山衆を説得してくださいますね」

「嫌だと言ったら？」

「だとしても、私は困《こま》りません」

刺すように鋭い女宮の問いに、伊子は平然と答えた。けれど胸の痛みはかつてないほどに辛《つら》くなっている。臆するな。動じるな。乗り切るのだ。あらゆる強気な言葉を動員して己を叱咤する。

「呪詛の件が明らかになれば、叡山衆はすぐにでもあなた様との関係を断ち切ろうとするでしょう。疑念を抱かれたということを貸しにしたようですが、本当に呪詛をなさっていたのならもはや貸しはないことになりますからね。気乗りのしない強訴など、それ以前に訴状《そじょう》そのものを取り下げるでしょう」

我ながらよく口が回るものだと、皮肉半分に感心していた。

伊子が語り終えたあと、女宮はしばし沈思《ちんし》していた。御簾があるので、どんな表情をしているのかは分からなかった。

どれくらいの沈黙があったのだろう。

「ならばわざわざここに来ずとも良かったのでは？」

おもむろに女宮は言った。

伊子がそのような策を持っているのなら、女宮を説得する必要などない。山桜桃法師の証言と呪物の存在を公表してしまえば済むことだ。

「そうですね。されど立坊《りつぼう》を前にいらぬ騒動を起こすより、ここで手打ちにしたほうが良いと考えたのです」

「手打ち？」

「叡山衆を引かせてくだされば、呪物は内密のうちに処分いたします」

ふたたび女宮は黙り込んだ。

真相を言うのなら、そんな呪物はなかった。だがそんなものは簡単に作れる。そして疑念の目をむけられている女宮を犯人に仕立て上げるのは、易き事だった。

さすがに、そこまでするつもりはない。

しかし万が一にでも女宮がここで手を引かぬと言ったのなら、伊子は突き進まなければならなくなる。

どうぞ了解して——内心では祈るような思いでいたが、外面には曖気《おくび》も出さない。

いざとなったらなんの躊躇《ちゅうちょ》もなくやってみせる。そんな強気な態度で対峙《たいじ》する。御簾の向こうで女宮の身体《からだ》が少し揺らいだように見えた。

「さすが、藤家《とうけ》の女ね」

思いがけない言葉に伊子は不意をつかれたように目を円くする。

しかし女宮はそれ以上そのことには触れず、ふたたび黙り込んだ。

確かに呪詛《じゅそ》や反乱の嫌疑をかけて政敵を失脚に追い込むのは、藤家のかつての伝統芸であった。しかしそのやり口も、もともとは皇家から引き継いだようなものだ。

伊子と女宮は、まるで先祖返りのように昔のやり方を踏襲《とうしゅう》していた。

のしかかってくるように重苦しい空気が空間を支配する。伊子と女宮は、あたかも根競べのように沈黙を貫きつづけた。

「叔母上《おばうえ》」

重い戸を開くように、嵩那が呼びかけた。女宮の返事はなかったが、かまわず嵩那は告げた。

「私は東宮となることを受け入れています。逃げも隠れもしません。万が一の事態でもあればかならず責務を全《まっと》うします」

万が一という言葉は今上の身になにかあったときのことを指しているから、不謹慎《ふきんしん》といえばそうである。しかし今回の赤疱《あかもがさ》のように、若いからといってその身が万全であるはずがない。

死や危険等のあらゆる災難は、いつだって生きる人の足元でその口を開いている。

「ですから、あとは天命に任せていただけませんか」

静かに嵩那は言った。幾つも年下の者を諭《さと》すような物言いだった。

やはり女宮は答えなかった。しかし嵩那も急《せ》かすような真似《まね》はせずに、黙って女宮の返答を待った。

そのとき、御簾内でなにかがぶつかるような激しい物音がした。

ぎょっとする伊子の前で、嵩那が急いで中に飛び込んでいった。跳ね上がった御簾のむこうに、畳《たたみ》の上につっぷした女宮の身体が見えた。手前に脇息《きょうそく》が転がってきている。

とっさに状況がつかめず、伊子はその場で身動きも取れないままでいた。

「誰か、床《とこ》を用意せよ」

嵩那が声を上げたことで、奥から女房達が駆け寄ってきた。

「宮様！」

「いかがあそばされました」

女宮付きの女房達が口々に叫ぶ中、伊子はようやく我を取り戻した。のろのろと腰を浮かして昼御座《ひるのおまし》に入ろうとしたが、その前に嵩那が御簾の間から出てきた。

彼は唇をうっすらと開き、じっと伊子を見下ろしていた。困惑の中にかすかな非難の色を感じ取って伊子はその場で身を固くした。

下長押《しもなげし》を挟んで、二人はしばし見つめ合う。

やがて嵩那は、驚き、怒り、困惑等の様々な感情を自身の内側から吐き出すように深く息を吐いた。

「あなたは間違っていない」

伊子は大きく目を見開いた。

擁護《ようご》するような言葉を口にしながらも、嵩那の表情はひどく硬かった。伊子は探るような眼差《まなざ》しをむける。嵩那はゆっくりと首を横に振り、静かに言った。

「けれど今だけは、叔母上に姿を見せないであげてください」

叡山が訴状を取り下げたという話を、翌日顕充から聞いた。

手法にかんしてとやかく訊かれることはなかったが、嵩那を東山に寄越したくらいだからある程度は顕充も想像できているのだろう。

それから数日後、帝が床上げをした。身体には多少の黒ずみが残っていたが、顔や手などの見えるところはすべて消えた。

結果として叡山の騒動は、帝の耳に入らないままで終わったのだった。

今年はどうなることかと危ぶまれた端午《たんご》の儀式も、帝の療養中に規模を縮小してなんとか執《と》り行われた。なにしろ祭の目的が、邪気を払い長寿を願うことなのだから、現状を考えれば節会（宴会）はともかく祭事だけでも催《もよお》さぬわけにはいかなかった。

御所の屋根には菖蒲《しょうぶ》を葺《ふ》き、柱には蓬《よもぎ》等を使った薬玉《くすだま》が吊るされた。どちらの植物も古来より薬効があるとして重宝《ちょうほう》されている。手抜きと言うと聞こえは悪いが、ずいぶんと合理化した今年の端午が終わったその日に、帝は床上げを済ませたのだった。

それから数日過ぎた日の午後、東山の女宮が病床にあるという噂《うわさ》が帝の耳に入った。報せではなく、あくまでも噂である。

「呪詛返しを受けたのだと、もっぱらの評判らしい」

困惑しきりに帝が語った言葉に、伊子は顔をしかめた。

叡山の件を受けて、伊子はこの件からは手を引いた。もはや女宮が呪詛を行ったとして訴える者はいないだろう。なにしろ利がない。

しかし無責任な噂は別だ。女宮が手配した童僕から帝が赤疱を発症したという可能性はもはや事実として語られていたし、そこから派生した、女宮が呪詛をしたのではという噂はまことしやかにささやかれつづけていたのだ。

いったい誰が病み上がりの帝に、そんな話をしたのかとおおよその予想をつけつつも伊子は尋ねた。

「どなたからお聞きになられましたか？」

「蛍草《ほたるぐさ》だよ」

予想通りの名前にもかかわらず、伊子はひそかに拳を震わせた。

まったくあの白面郎《はくめんろう》は、ろくなことをしない。本当にあの聡明な勾当内侍《こうとうのないし》の息子なのだろうか。

帝の床上げと前後して、参内《さんだい》も通常通りに再開された。妃達も様子を見ながら順に戻ってくるとのことだった。市井《しせい》で病が拡がっている気配がないのも幸いだった。しかしこうして尚鳴《なおなり》がいらぬことを帝の耳に吹き込んだのを目《ま》の当たりにすると、参内が再開されたことが恨めしくもなる。

「もしや赤疱ではないのか？」

「それはちがいます」

だとしたら東山に滞在している嵩那を、首に縄をつけてでも連れ戻さねばならぬところだった。そうではなく、原因は間違いなく先日の一件だ。あれ以来、女宮は枕が上がらぬ状態が続いていると聞いた。

叡山衆が引いたのだから、女宮は伊子の要求を受け入れたのだろう。そこに嵩那の説得があったことは容易に想像がつく。その件もあって嵩那は、近年は疎遠にしていた女宮の邸《やしき》に滞在して付き添っているのだという。

「ならば良いが、しかし呪詛という噂はいくらなんでもけしからぬな」

帝の言葉に伊子は内心で狼狽《ろうばい》していた。

帝が女宮の敵愾心《てきがいしん》を知ったうえで無責任な噂に立腹するのは、ひとえにその正廉《せいれん》さによるところである。その帝に呪詛の冤罪《えんざい》をかけることさえ辞さなかった己の腹積もりを知られることは恐怖にも近い。

「主上《おかみ》がこうして回復なされたのですから、そのうち噂も消えますよ」

取り繕《つくろ》いつつ、白々しく伊子は言った。

「だと、良いがな」

そこまで深刻には考えていないのか、帝はそれ以上のことは言わなかった。

一通りの奉仕を終え、あとを台盤所《だいばんどころ》にいる女房達に言いつけていったん下がった。

人目がある渡殿《わたどの》はなんとか耐えた。しかし承香殿《しょうきょうでん》の自分の局《つぼね》に入るなり、伊子は畳の上にへたりこんだ。そのままがばっと突っ伏して頭を抱えこむ。自己嫌悪と自己正当化の異なる感情が交互に押し寄せ、入り乱れたあげく結局自己嫌悪のほうに傾く。

「もう、泣きたい……」

などと言いながら、涙などかけらも出ない。三十路《みそじ》を過ぎてから可哀想《かわいそう》な子供や清廉《せいれん》な人の生きざまなど、人様の話にはすぐに目頭《めがしら》が熱くなるようになったが、自分を憐《あわ》れんで泣くことはほとんどなくなった。泣いたところでなにも解決しないだろうという、冷ややかな突っ込みを自分でしてしまうのだ。

ここ数日、考えないように抑えつけてきた、東山での嵩那の言葉を思い出す。

女宮を謀略《ぼうりやく》にかけた理由は、嵩那も分かっているだろう。だからこそ〝あなたは間違っていない〟などという言葉を口にしたのだ。

けれど女宮の御株を奪うような容赦《ようしゃ》ない手法に、彼は嫌悪を覚えずにはいられなかったのだろう。なにしろそれが女宮を病床にと追い込んだのだから。

「でも、あれしかなかったのだからしかたがないでしょ」

ぶつぶつと伊子はつぶやいた。誰もいない局で文句を言っているのだから、人が見たらさぞ薄気味悪く思うだろう。

聞こえていたのか否《いな》かは不明だが、几帳《きちょう》のむこうから千草が入ってきた。畳の上で頭を抱えこむ主人を一瞥《いちべつ》すると、冷ややかに述べる。

「だからあ、姫様はまだ甘いんですよ」

「はぁ!?」

怒りと衝撃で、伊子は反り返るような勢いで身を起こした。明らかに非難の色を浮かべた主人の目にも、四回の離婚という人生百戦錬磨《ひゃくせんれんま》の経験を持つ乳姉妹《ちきょうだい》は動じなかった。

実は東山からの帰りの牛車《ぎっしゃ》の中でおおよその事情を千草に話したのだが、彼女は「やったりましたね！」と快哉《かいさい》の声を上げただけだった。嵩那とはえらいちがいだ。行きの車の中で軽蔑《けいべつ》されるかもと怯《おび》えていたのは、なんだったのかと思ったほどだ。

「甘いってなによ。あれだけ義も仁もないことをやってのけたのよ」

「お互いさまでしょう。しかも逃げ道を残してあげていたのだから、ぜんぜん優しいですよ。あそこで息の根を止めておいた方が、のちのちの災《わざわ》いをがっちりと取りはらえたはずなのに、ほんと詰めが甘いんですよ」

息の根を止めるだとか、のちのちの災いだとか色々と過激な言葉を挟みながら、千草は雄弁に語りつづける。

「だいたい、なにをいまさら男の目なんて気にしているんですか！」

どうだとばかりに伊子を睥睨《へいげい》する千草のそれは、およそ主人に対するものとは思えない態度である。

「ちょっと待って……」

あまりのことにあ然としていた伊子だったが、気を取り直して言う。

「男の目って、なによそれは」

「こたびの件で、宮様と距離ができたのではと思い煩《わずら》っておられるのでしょう」

図星である。嫌われた云々《うんぬん》などのそんな軽い言葉ではなく、嵩那を動じさせたのではないかという不安が消えない。

ああするしかなかったと思っているから、後悔《こうかい》はしていない。けれど他に手段はなかったのかという疑問はある。そうなるとやはり後悔に近いのかもしれないが、これしか手段が思いつかなかったのならどうしようもないではないか。

反論のしようがなくむすっとする伊子を、千草は叱《しか》りつけるように言う。

「いまさらそんなことで怖気《おじけ》づかないでくださいよ。ここまで来たのだから、最後までどんっと構えていてください」

確かに、我ながらみっともないとは思う。結婚だとか仕事だとか、迷い迷いでもここまでわが道を進んできたというのに、この期に及んでなにを怯《ひる》んでいるのか。未練がましいにもほどがある。

（軽蔑、されたのかな？）

靄《もや》のように散漫していた感情が、ここまできて明確な言葉になった。

妻とはならず、帝の尚侍《ないしのかみ》を続けること。その願いを告げれば、嵩那は失望し、そして怒るかもしれないと不安だった。それでも自分の意志を通した結果だからしかたがないと観念していた。結果として嵩那は受け入れてくれたのだが——。

そんな試練を乗り越えた伊子でも、好きな人からの軽蔑はきつい。

怒りや失望のときはなかった感情——羞恥《しゅうち》が心を落ちつきなくさせる。

しかしいまさらどうしろというのだ。自分が間違っていたとは思っていないから、弁明の言葉もない。そもそも何故そんな手段に出たのかを、嵩那は心得ている。そのうえで感情が整理できずに伊子を突き放したのだ。彼自身にもどうしようもないことなのだ。

どんっと構えていろ、という千草の言葉がよみがえる。

伊子は地肌をつかむように、髪をかきあげた。

「分かった」

「はい？」

「待つわ」

むこうの気持ちが落ちつくのを待つのだ。

実際、それしかない。そもそも人の気持ちを動かそうとする努力より、自分の気持ちを整える努力のほうが現実的だ。

しゃんと背筋を伸ばした伊子に、千草はそっと表情を和《やわ》らげた。だがすぐに元のきつい口調に戻って言う。

「そもそも女宮様だって、被害者面《づら》できる御立場ではありませんからね」

矛先が変わったことに、伊子は安心しつつも苦笑する。

「まあ、これまでされたことを考えればね」

「そうじゃないです」

素早く千草は否定した。

「皇統に対する不満があるのなら、先帝がご存命のときに声をあげておけばよかったのですよ」

随分《ずいぶん》と容赦ないことを言うと、伊子は空恐ろしさ半分で感心すらした。

祖父がしたことだから孫である今上に責任はないという言い訳は、相続の根拠を血統に求めるのなら成り立たないことは承知している。けれど先帝が存命のおりには目に見えた動きをしてこなかった女宮が、若い今上の代になった途端に動きだしたのだから、それは怯懦《きょうだ》と非難されてもしかたがない。

つい最近まで伊子は宮中の事情に疎《うと》かったから、もしかしたら知らぬところで先帝の時代にも暗躍していたのかもしれない。だとしても……いや、だからこそ企《たくら》みを結実させるのなら、先帝が存命のときするのが筋ではある。

東西二つの統の存在を隠れ蓑《みの》に、女宮が自身の行動にある矛盾《むじゅん》に気づかないふりをしていることは否《いな》めなかった。

もちろん先帝の横暴が、こんな結果を招いたことは間違いない。

女宮と先帝の姉弟の個人的な関係ではなく、皇統という大きな問題で考えた場合、理は圧倒的に東朝にある。これは事実だ。千草の指摘は的《まと》を射《い》ているが、東朝の正当性を否定するまでいかない。それでも全面的に自分に理があるとしている女宮にとって、痛い指摘にはちがいなかった。

ふと伊子の胸に、女宮に対する憐《あわ》れみが過《よぎ》った。

警戒と怒りが大部分を占《し》める相手だが、時折つむじ風のようにとつぜんそんな感情が生じることがあった。そしてそれは大抵が、ちょっと微妙なくらいの共感を伴《ともな》っていた。

甲斐《かい》のない内親王として生まれたのだという女宮の自嘲《じちょう》は、伊子のように婚期を逃した女、親の庇護《ひご》を失った娘、あるいは子を産めぬ妻など、女として生まれはしたが周りの期待には応えられなかった者達の心のどこかに痛みを生じさせるだろう。

「一理あるけど、だからといって女宮様が納得するわけでもなし」

詮無《せんな》いことだとばかりに、伊子は言った。

女宮の行動に多少の瑕疵《かし》があろうと、先帝が残した疵《きず》に比べれば些細《ささい》なものである。そしてその地位を継承した今上は、すべてを受け止めねばならぬ立場にある。

「じゃあ、どう言ったら納得するんですか？」

「さあ…」

ため息交じえて、伊子は視線を空に彷徨《さまよ》わせる。

「人の心は、そう簡単には動かせるものではないからね」

「だったら！」

してやったりとばかりに、千草が語気を弾ませた。

「だったら宮様の心だって、そう簡単には変わりませんよ」


翌日、身繕《みづくろ》いを済ませたばかりの伊子のところに思いもかけない人物が訪ねてきた。尚鳴である。

いままさに局《つぼね》を出ようとしていた伊子は、そのまま蝙蝠《かわほり》をかざして彼が待つ簀子《すのこ》まで出た。そこには緋色《ひいろ》の袍《ほう》に指貫《さしぬき》という、衣冠装束《いかんしょうぞく》の尚鳴がおろおろと右往左往《うおうさおう》していた。恰好《かっこう》からして宿直《とのい》明けと見える。

「尚侍《かん》の君《きみ》！」

伊子の姿を目にとめるなり、尚鳴は声をあげた。若者は朝から活気がある。紫苑《しおん》色の表着《うわぎ》の裾をひるがえし、伊子は尚鳴の傍に歩み寄った。

「朝早くからすみません」

「いいえ、いかがなされましたか？」

宿直の公達《きんだち》が、夜が明けるなり訪ねてくるなど、帝の身になにか起こったのではと疑ってしまう。そうでなくとも急を要する事態にはちがいない。

神経を研《と》ぎ澄ませ、伊子は尚鳴の口許《くちもと》を注視した。桜桃のように瑞々《みずみず》しい唇が忙《せわ》しなく動く。

「あ、あの、主上《おかみ》が東山に参られると」

「はい？」

「これから東山の女宮様のもとに、お見舞いにうかがうと仰《おお》せで」

ここまではっきりと言われては、もはや聞き直す余地もない。

伊子は混乱する思考を懸命に整理する。

女宮の本性を知ったあとで彼女を見舞うという行為は、いかに帝の徳が高かろうとにわかには信じがたい。ならば、その意図はなんなのか。いや。そんな思惑よりも、目下の大事は──。

「御止めしたのですがお聞き入れいただけなくて、尚侍の君にご説得いただこうと」

すがるように尚鳴が言う。確かに全力で止めたくなる。

「東山の御方には、呪詛《じゅそ》の疑念があります。さような方のもとに出向かれ──」

「行き先は、どうでもよいのです！」

尚鳴に最後まで言わせず、伊子は声を大きくした。

しかし問題は声よりも、その内容だった。東山という曰《いわ》くつきの行き先をどうでも良いと言ったのだから、尚鳴はもちろん傍《かたわ》らで話を聞いていた千草も目を白黒させている。いまいち分かっていない二人に、伊子はさらに声を大きくする。

「というか、それは行幸《ぎょうこう》でしょう！」

およそ帝の外出など、気軽にその日に決められるものではない。吉日や方角はもちろんだが、なにより剣璽《けんじ》を動座《どうざ》させなければならないのだ。もしもそんな大事を強行されでもしたら、内裏《だいり》に生じる混乱は想像を絶する。考えただけで動悸《どうき》がしてくる。

「行幸を当日に決めるなんて、前代未聞だわ。いったい主上はどうなされたの？　もしかしたら赤疱《あかもがさ》の後遺症では――」

赤疱にかぎらずだが、ひどい高熱は頭に影響を及ぼし、考える力や身体《からだ》の動きに障害を残すことがある。もともと奔放《ほんぽう》な者ならともかく、今上のように品行方正な方がそんな突《とっ》飛《ぴ》な発言をするはずがない。病の後遺症でなければ、本気で物《もの》の怪《け》を心配する。

「蛍草殿の聞き違いではないのですか？」

根本の能力を疑う伊子の問いに、尚鳴は顔を赤くした。

「失敬《しっけい》ですよ、尚侍の君」

「これまで御自分が、どれだけ騒動を引き起こしたと思っているのですか！」

ここぞとばかりに伊子はやり返した。あと少し興奮していたら間違いなく〝この、白面郎が〟と怒鳴りつけるところだった。単純に考えなしであったり、厚すぎる孝行と忠義からだったりとすべて悪意があってのものではないが、この少年の迂《う》闊《かつ》な言動に何度も尻拭いをさせられてきたから、それなりの怨念《おんねん》はある。

本当はひとつひとつ事例をあげつらねてやりたかったが、まあまあ数が多くてしかも比較的些細《ささい》なことばかりなので、実は伊子も明確には記憶していない。ともかく何度か歯軋《はぎし》りをしたことばかりが印象に残っている。

いっぽうで尚鳴には騒動を起こしている自覚はないので、思いっきり不服気な顔でなにやら口走りかけたのが──。

「朝から賑やかであるな」

楽し気な声に、伊子と尚鳴は同時に顔をむけた。

清涼殿《せいりようでん》からの渡殿《わたどの》を、帝がよりによって一人で歩いてきていた。しかも装束はいつもの御《お》引直衣《ひきのうし》ではなく、青色御袍《あおいろごほう》とも呼ばれる麴塵《きくじん》の袍だった。

伊子は蝙蝠の要《かなめ》を握りしめた。

（もはや行幸する気、満々ですね）

途方に暮れつつも、諦め半分で帝を見つめる。

麴塵の袍は、小儀や行幸に用いられる装束だ。黄櫨染御袍《こうろぜんごほう》ほどの格式はないが、立派な晴れの日の衣装である。つまり帝は、行幸をする意志を明確に示したのだ。着付けを命ぜられた女房はさぞ驚いたことであろう。この思慮《しりよ》深い青年がここまでのことを強行したのだから、もはやなにがあっても説得はできまい。

おろおろして尚鳴は言う。

「そうは仰《おつしや》いましても主上、尚侍の君が──」

「剣璽の御動座の準備をいたします」

ついに伊子は観念した。二度に渡って発言を遮《さえぎ》られた尚鳴は不服気だが、帝は上機嫌である。そうして闘鶏《とうけい》で三連続勝利でも収めたかのような表情で言った。

「やはり尚侍の君は頼りになるな」

鬼宿日《きしゆくにち》とまではいかぬが、まあまあの吉日。しかも南にも東にも方位神はいない。御所から東山に向かうにはなかなかの日和《ひより》だった。こうなると帝が何日か前から、この日にちを狙って行幸を企んでいたのではと疑ってしまう。

急なことだったので、随身《ずいじん》の数は通常の行幸に比して控えめだ。あまりにも急すぎて近《この》衛府《えふ》も多数の武官は準備できなかったらしい。

伊子は牛車《ぎつしや》の前簾《まえすだれ》の隙間《すきま》から、前方を進む葱花輦《そうかれん》を見上げた。頂上にはその名のごとく葱《ねぎ》の花を模した金色の飾りがついている。梅雨《つゆ》らしい薄鈍《うすにび》色の雲が空を覆《おお》う中、鈍い光を周りに放っていた。輦は駕輿丁《がよちよう》が肩に担ぐものなので、とんでもなく視線が高くなる。両脇には左右の近衛次将が、剣璽《けんじ》使として騎馬で従っている。

内裏から南下したのち、左折して五条大路《ごじようおおじ》に入ったところで千草が物見を開けた。

「お忍びのわりには、けっこう人が集まっていますよ」

葱花輦は帝以外にも、中宮と斎王《さいおう》等も使用する。いずれにしろ高貴な方にはちがいないから、物見高い民達はそれだけで集まる。ましていくら御帳が下りていても、昼の日中ではある程度は透けて見える。男女の区別がつきさえすれば、必然帝ということが分かる。

「これでは、どうしたってお忍びにはならないわよね」

千草の背中越しに路傍《ろぼう》を眺め、伊子はこっそりと独《ひと》り言《ご》ちた。

しかも前駆《ぜんく》はかなり先まで及んでいるだろうから、否《いや》が応《おう》でもそのうち行き先は知れ渡る。疫病《えきびょう》の原因を作ったのは女宮、あるいは呪詛をしたという噂《うわさ》は市井《しせい》にまで広がっているのだから、この行列を民達はどのように受け止めるのだろう。

帝が女宮の見舞いに行くと聞いたときの、公卿《くぎょう》達の動じようはすごかった。特に西朝派の者などは、あからさまに帝の身を案ずるような言葉を口にし、それに東朝派が怒るといった調子でひと悶着《もんちゃく》起きた。挙句、心配をした双派の貴族達の多くが同行することになってしまったのだ。おかげで随身や綱取りの数に比して、陪従《べいじゅう》の牛車ばかりがやたら多いという奇妙な行幸となった。

こんな集団が押しかけてきたら、さぞ女宮も驚くことであろう。東山には前触れを寄越しているから、今頃は狼狽《うろた》えているかもしれない。看病の為に滞在している嵩那もどういう気持ちで一行を迎え入れるのだろうか。

この状況で女宮の傍にいる嵩那のことを考えると、伊子は腹立たしさを通り越して途方に暮れてしまう。自分の難しい立場を認識して多少なりとも保身を考える者であれば、いまの女宮の傍にはいない。まして近年はずっと疎遠にしており、しかも直近では敵対していた相手だというのに。

最初のうち伊子は、嵩那の行動が理解できなかった。

しかし千草に叱責《しっせき》されたりなどして色々考えているうちに、嵩那だからこそそうしたのだろうと思うようになった。

根本の問題として、女宮に対する情が伊子とはまったく違う。

打ちひしがれた人の姿に安堵《あんど》できるのはその敵だけで、たいていの人は少なからず同情をする。しかも嵩那は半ば強制的に課せられた東宮位、東朝派の旗印としての立場にまったく執着がない。

つまり保身の気持ちがないから、自分の心に従った行動が取れるのだ。その結果、嵩那は女宮に同情して彼女に付き添った。

立場と生まれでその身をがちがちに拘束《こうそく》されておきながらでも、心はどこまでも自由。

それが嵩那だった。

五条大橋を渡って賀茂川沿いに北上すると、ほどなくして東山の邸《やしき》に到着する。

帝の輦は南庭《だんてい》から参入するので、前駆をはじめとした官吏《かんり》に徒歩の女官達が、先に女宮の邸に入ってその準備に追われている。

他の者達に先駆けて車寄せに入った伊子を、萌葱色の衣に二藍《ふたあい》の狩衣《かりぎぬ》をつけた嵩那が出迎えた。腕を組み、思いっきり不審な顔で睥睨《へいげい》してくる。

「どういうつもりですか？」

開口一番に発された言葉は、怒っているというより皮肉気な物言いだった。だから伊子は先日あれほど思い悩んでいたことも忘れて、むっとしてやり返す。

「私のほうがお尋ねしたいほどです。今朝になってとつぜん主上が、東山に行くと仰《おお》せになられたのです」

「嘘おっしゃい」

間髪《かんはつ》を容《い》れずに嵩那は言い返した。

「その日の朝になって行幸をするだなんて、あの主上がさような人の迷惑も考えぬ横暴を働くわけがないでしょう」

したんだよ、それを！　と強く反論したい気持ちを伊子は抑えた。

皮肉ではなく、嵩那は本当にそう思っている。あたり前だ。当日の朝に行幸を言い出すというのはそれだけ非常識……もっとはっきりと言うのなら、このうえなく迷惑かつ横暴な行為なのだ。

実際、伊子が動座を決断してからの忙しさはすさまじく、内裏《だいり》で火事が起きたときはこのようなものではないかと思ったぐらいだ。

「どうあっても女宮様の見舞いに行くと、強硬に仰せでございましたので」

むすっとして答えた伊子に、嵩那もどうやら嘘ではないと悟ったらしい。それでも容易には信じ難いのか「え、なぜ？」などとぶつぶつ言っている。伊子もそうだったが、帝の人柄を知る者として、女宮への見舞いよりもはた迷惑な突飛な行動に驚いているようだ。

「お二人とも。ここでいつまでも立たれていると、はっきり言って邪魔です」

容赦《ようしゃ》なく千草が言ってのけた。

牛車で来た者達はたいていがここから入る。さして広くもない場所で二人の、しかも人より背の高い男女がいつまでも立ち話をするなど邪魔なことこの上ない。浅藍《うすらん》の唐衣《からぎぬ》をつけた女房と、一斤染《いっこんぞめ》の表着《うわぎ》をつけた女房が遠慮《えんりょ》がちに端を通り抜けていったのを見て、どうだとばかりに千草が胸を張った。

嵩那が気まずげな表情で「こちらに」と踵《きびす》を返した。そのまま彼の後につづき、奥にある二棟廊《ふたむねろう》にとむかった。寝殿への動線からは逸《そ》れる場所なので、ここなら邪魔にはならないし、なにより人目が気にならない。

伊子は途中までついてきていた千草に、女房達にここにいる旨《むね》を伝えておくように命じた。どうやら話を聞くつもりでいたらしく千草は不服気な顔をしたが、それでもしぶしぶと引き返していった。

「女宮様の具合はいかがですか？」

二棟廊に入るなり尋ねてきた伊子に、嵩那はなんとも言えない表情で首を揺らす。この反応からして芳《かんば》しくはないのだろう。

女宮は病床にあるともっぱらの評判だ。呪詛《じゅそ》返しだという噂は信じていないが、気落ちのあまり寝込んでしまった可能性は十分にある。つい先月も麗景殿《れいけいでん》の朱鷺子が気落ちから寝込んだばかりだ。もっともあれは完全な仮病だったのだが。

ともあれ女宮の年齢では些細《ささい》な要因でも重態化しかねない。なによりもその切っ掛けを作ったのが伊子なのだから、やはり寝覚めは悪い。

嵩那は腰に手を当て、屋根裏を仰《あお》いだ。そうしてしばし視線を空に彷徨《さまよ》わせたあと、大きく息をついた。

「前も言いましたが、あなたがしたことは間違っていません」

先日に比べて随分《ずいぶん》と穏やかな嵩那の口調に、内心で伊子は胸を撫《な》でおろした。

自覚はあったが、やはりあの険しい物言いは相当に堪えていたようだ。嵩那が意図したものではなく、倒れた女宮を前に感情の整理ができなくなった結果のことだと分かってはいても。

こくりとうなずいた伊子の肩に、嵩那はそっと手を置いた。伊子は顔を上げた。嵩那は分かっているというように目でうなずく。掌《てのひら》を通して彼の体温を感じることで、心の奥にずっとあった不安がじんわりと溶けていくのを感じた。

「女宮様は、お悪いのですか？」

「普通には過ごしております」

嵩那の答えに、伊子は驚く。呪詛返しでないことは最初から分かっていたが、病床にあるという話は本当だと思っていたからだ。なにしろ倒れたところを目の前で見ている。

「枕の上がらぬ状態だとお聞きしましたが……」

「それは、あの後二日ぐらいだけの話です。いまも主上《おかみ》をお出迎えするため、あれこれ女房達に指図をしております」

だいぶん話がちがう。困惑する伊子を一瞥《いちべつ》し、嵩那は言葉を探すように気難しい表情をする。そうしてしばらく思案したあげく、思いきったように口を開いた。

「ですが……引き際を見つけられずに、苦悩をしているように見受けられます」

「引き際って、女宮様が？」

「叔母上《おばうえ》が、いま幾つだとお思いですか」

半ば呆《あき》れたように言われて、どう答えて良いのか分からなかった。

単純に言葉だけを聞けば、ついに諦めたのかとも取れる。

玖珠子を手に入れられなかったことで劣勢に立たされた女宮は、叡山衆を使って反撃を試みた。この段階で彼女の執念は途切れていなかった。

しかし伊子の反撃でさらなる窮地《きゅうち》に立たされてしまった。自分が軽んじてきた女という存在に二度もやられた事実は、この誇り高い女人《にょにん》に強烈な痛手を与えたにちがいない。

確かにここで観念しても不思議ではない。

しかし諦めることができずに苦悩しているというのなら、それは執念が消えていない証拠でもある。

ひと月ほど前だったか、女宮が自分の高齢を理由に嵩那に玖珠子との結婚を受け入れるように説得したという話を聞いた。そのときはなにを空々《そらぞら》しいと思った。女宮が自分の余生を考えたのだとしたら、妥協《だきょう》よりもますます苛烈《かれつ》な手段を取ってくるにちがいないと伊子は断言した。

予想通り彼女は苛烈な攻撃を仕掛けてきたが、伊子と玖珠子の手により返《かえ》り討《う》ちにあった。それでも諦めずにまた一から立て直そうとしたとき、ふと自分の余生を顧みたということなのだろうか。

「もちろん本人は、そんな弱気は曖気《おくび》にも出しませんけれどね」

ぽつりと嵩那が告げた短い言葉の中には、呆れと感心という相反する感情が複雑に入り交じって凝縮されていた。

苦々しい気持ちになる。

苦悩するのは、執念がまだ消えてはいないからだ。これまでの女宮の行動を鑑《かんが》みれば、かつてないほどに弱っていることは分かる。しかし執念の熾《おき》はまだ消えていない。もはや未練か怨念《おんねん》かも分からぬ思いが、ぐずぐずと女宮の中で燻《くすぶ》りつづけている。

その僅《わず》かに残る火を消すべきなのか。つまり、完膚《かんぷ》無《な》きまでに叩きのめすべきなのか。

古希《こき》を越した老女に、そこまですべきなのだろうか。それでなくとも自分の執念の深さと余生の限界の狭間《はざま》で懊悩《おうのう》しているというのに。

伊子もまた、良心と義務の狭間で懊悩してしまう。

「そもそも主上はなぜお出でになられたのですか？」

基本的な嵩那の問いに、伊子は物思いから立ち返った。

表向きは女宮の見舞いだが、伊子も嵩那もそんなことは信じていない。いくら帝が人徳者でも、女宮がこれまでしてきたことを知った後ではさすがにないだろう。

帝の本意にかんしてはもっと突き詰めるべきだったし、根本的なことを言えば行幸《ぎょうこう》そのものを止めるべきだったのだ。けれどあんな輝くような笑顔で「頼りになるな」などと言われれば、もはや説得することなどできなかった。

思いだすと、ある種の感情がこみあげる。敗北感だが、なぜか快感を伴《ともな》う。この方が命じるからにはきっと正しい途《みち》に違いない。臣下にそう思わせる主君に仕えている幸福を痛感する。こんなときなのに、顔がにやけるのを抑えることができない。

その感情を隠すように伊子は頰《ほお》を膨らませ、ゆっくりと首を横に振った。

「——実は、私もよく存ぜぬのです」

東の正門から入った葱花輦《そうかれん》は、中門を抜けて南庭にと担ぎこまれた。

黄布衫《きふさん》をつけた駕輿丁《かよちょう》が担ぐ輦の周りを、褐衣《かちえ》姿の随身《ずいじん》が取り囲んでいる。濃縹《こきはなだ》の袍《ほう》に染分袴《そめわけばかま》。手には弓、腰に胡籙《やなぐい》を付けた姿は凛々《りり》しく、帝の行列に威容を添える。

庭に面した簀子《すのこ》と渡殿《わたどの》には、同行した公卿《くぎょう》や殿上人《てんじょうびと》達が居並んでいた。参内《さんだい》したおりに行幸と聞かされて参加した者ばかりなので、殆《ほとん》どが束帯姿である。

伊子は嵩那と一緒に、母屋《もや》の一角からその光景を眺めていた。御簾《みす》が上がった母屋で身を隠すように几帳《きちょう》の陰に座ったのは、嵩那から女宮の前に現れることを止められたからだった。意図的ではなかったとはいえ、女宮が倒れたのは伊子の所為《せい》だ。ゆえにまだ不安定な状況の彼女に姿を見せるのは控えて欲しいと言われたのだ。

道義はある。それに伊子のほうも、女宮と正面から対峙《たいじ》する覚悟はまだできていなかったので幸いだった。

女宮は南廂《みなみひさし》の中ほどの位置に座っていた。階《きざはし》正面の『階隠の間《はしがくしのま》』は帝の為に開けておかねばならぬので、その横に繧繝縁《うんげんべり》の畳《たたみ》を敷いている。香染の小袿《こうちぎ》に、赤と鳥の子色の五条《ご じょう》袈裟《けさ》。袴と単《ひとえ》は共に萱草色《かんぞういろ》。はじめて会ったときと変わらぬ、凛《りん》とした清らげな尼僧《にそう》姿だった。

階の真下まで来た輦が、慎重に丁寧《ていねい》に下ろされた。階の真下まで筵《むしろ》が敷いてある。あらかじめ庭で待機していた蔵人《くろうど》達の手により几帳が左右に開かれ、そこから帝の姿が垣間見《かいまみ》えた。素早く駆け寄ってきた尚鳴が筵の上に挿鞋《そうかい》を置くと、帝は身体《からだ》を起こして足を差し入れた。

右手には笏《しゃく》。左手を、脇に控えていた尚鳴に預けて立ち上がる。

すると、まるでそのときを待っていたかのように、空を覆《おお》っていた薄鈍色《うすにび》の雲の隙間《すきま》から柔らかい光が差し込んで帝の立ち姿を照らし出した。

(日の神……)

心中に思い浮かんだのは、日向《ひむか》の国の皇祖神の神話。

天《あま》の窟屋《いわや》から出てきた天照大神《あまてらすおおみかみ》は女神だが、伊子にあの神話を連想させた。

一同が息を呑《の》む気配が伝わる。

優雅な微笑を湛《たた》えたその立ち姿は、まさに目も眩《くら》むほどの神々《こうごう》しさである。

玉虫色の麴塵《きくじん》の袍は、太陽の光を浴びて青く輝く。一歩一歩足を進めるたびに、帝が身にまとう清麗《せいれい》な空気が周りに伝播《でんぱ》してゆくのを肌で感じる。

ひとつひとつの所作《しょさ》が、老若男女《ろうにゃくなんにょ》身分を問わず、その場にいる全員を魅了する。

帝は階の一段目に足をかけた。優雅な姿に皆が目を奪われる中、ただ一人女宮だけが冷ややかな態度を崩さない。睨《にら》みつけていると受け止められかねない強い眼差《まなざ》しで帝を迎え入れる。

ついに帝が簀子まで上がり、廂に座る女宮とむきあう。

帝は立ったまま女宮を見下ろし、平敷御座《ひらしきおまし》の女宮は顎《あご》を上げて帝を見上げる。孫と祖母程の年齢差のある二人はしばし見つめあった。

そのときに周囲を占《し》めていた空気には、独特の緊張感があった。

女宮はあくまでも慇懃《いんぎん》な表情を崩さない。天子を迎え入れるのにはとうぜんとも思える態度だが、微動だにしない姿勢からはけしてひるまぬ強い意志がにじみ出ている。

他方で帝も、あまり感情のうかがえぬ平坦な面持《おもも》ちで女宮を見下ろしている。女宮に余裕がないことは分かっている。なぜならこれまでの女宮なら、その顔に柔和《にゅうわ》で品のよい笑みを浮かべ、心にもない歓迎の言葉を平然と口にしていたはずだから。

もちろん呪詛の疑念がかけられていることを考えれば、火に油を注ぎかねないと思っての態度かもしれなかった。女宮は宮中に蔓延《はびこ》る自身への疑念や非難に、帝が苦言を呈していたことなど知らない。

不自然に長くなる見つめあいに、周囲がざわつきはじめたときだった。

帝が優雅に膝を折り、女宮と視線の高さを揃えた。手を伸ばせば触れられるほどの距離にはさすがの女宮も動じたのか、それまで微動だにさせなかった背中を身じろがせる。しかし帝は表情を変えない。伊子は食い入るように二人の動向を見守る。あと一歩前のめりになっていたら、几帳を倒してしまっていたかもしれない。

「ごきげんよう」

澄んだ爽《さわ》やかな声音《こわね》は、一振りの鈴のように空気を震わせて辺りに響いた。

呆気《あっけ》に取られる女宮の手を、隙ありとばかりに帝が取る。とつぜんのことに女宮はびくりと身を震わせた。いかに女傑《じょけつ》であっても、帝に手を握られるなど緊張するに決まっている。ましてあのように神々しいまでに美しい若者なのだから。

　帝は手を握ったまま、語り掛けた。

「御体が優れぬとお聞きして、案じておりました。こうして拝見したかぎり、常のように冴え冴えとしておられるようでひとまず安堵《あんど》致しました」

　一片の含みも気取らせない清廉《せいれん》な声音に、伊子は感動よりも感心した。

　経緯を考えればいかに帝とて、女宮に対して一物を持たぬことはあるまい。しかしそんな気配は嗳気《おくび》にも出さず、ただただ天子としての仁徳を持って接しているのだから、これはどうした狸ぶりか。

「どうも世間によくない噂《うわさ》が流れていたものですから、宮様もさぞ気がかりでありましたでしょう」

　ひと際大きな声で告げられた言葉に、朝臣《ちょうしん》達はたちまち気まずげな顔になる。どう考えたって聞こえよがし以外のなにものでもない。

「されどいまこうして、私と宮様の双方が健《すこ》やかであることが証《あか》されました。もはやそのような悪《あ》しき話を信じる者などおらぬでしょう」

　すでに女宮は返事すらできずにいる。

「あな、畏《かしこ》し」

ちょっと皮肉っぽく嵩那が言った。

的確な指摘だが、女宮の暗躍を知らぬ者達は帝の純真を疑っていない。

案《あん》の定《じょう》この場に同席している全員が、恍惚《こうこつ》としている。元々帝に近い者はもちろん、女宮を心配してここまでついてきた東朝派の者達までも同様だった。

「なんという、御慈愛《ごじあい》の深さか……」

「これぞ、まさしく天子の器《うつわ》」

東朝派の古参の一人が袖口《そでぐち》で目元を押さえた姿を見て、伊子は事態の収束を確信した。

女宮は固い面持ちで帝を見上げていた。

傍目《はため》には、帝の親し気な態度に緊張しているように見えたかもしれない。

けれど伊子には見えていた。

女宮の執念が、風に吹かれた熾《おき》のように一瞬赤くなったことを。しかし断末魔《だんまつま》のその火を燃え立たせる炭や薪《たきぎ》はもはや得られない。

最初は伊子と顕充を取り込もうとしたが叶わず、次に狙った玖珠子と新大納言《しんだいなごん》からも距離を取られた。

そしていま僅かに残っていた東朝派の古参達を、全員失った。力尽き白く灰となって消えゆく己の念願を、為す術《すべ》もなく眺めていることしかできない圧倒的な無念が、彼女の固く閉じた唇から伝わってくる。

女宮は帝に取られていた手をゆっくりと引いた。力ずくで振り払わなかったのは、最後の意地なのか理性だったのか分からない。引き戻した手を膝に広がった五条袈裟の上で固く握りしめる。手の甲は年齢にしては白くシミも目立たなかったが、年相応に痩《や》せさらばえてはいた。

頑《かたく》なに握りしめた手を一瞥《いちべつ》し、ふいに帝はそれまでのにこやかな顔つきを改めた。引き締めた口許《くちもと》と真摯《しんし》な眼差しからは、先ほどまではわずかに見え隠れしていた体裁《ていさい》や計算が完全に取りはらわれていた。

「私を監視していてくれませんか」

静かに告げられた過激な願いに、一同がざわめく。

伊子と嵩那は目を見合わせた。女宮はなにを言っているのだとばかりの表情で、帝を見返した。

「もしも私に天子としての不徳があれば、躊躇《ためら》うことなくご指摘ください。そのときは甘んじて次の東宮に禅譲《ぜんじょう》致しましょう」

衝撃的な宣言に伊子は息を呑んだ。

帝が言う次の東宮とは、もちろん嵩那のことである。つまり自分が天子としてふさわしい人物でなくなれば、いつでも東朝に皇統を戻すと言っているのだ。

朝臣達のざわつきが大きくなる中、伊子は帝の表情を注意深く観察しつづけた。

泰然とした余裕に満ちている。体裁も計算も考えずにいてもなお、その風貌《ふうぼう》は涼やかで清廉であった。

そうであろう。禅譲など起こるはずがないのだ。若さゆえの未熟さはあっても、この青年には紛うことなき天子としての風格が備わっている。途を誤らぬ自信があるから、自分に敵意を持つ相手にいまのような宣言ができるのだ。

とはいえ、自ら背水の陣を敷いたことにちがいはない。

その可能性が果てしなく低くとも、もしも帝が天子としての途を過《あやま》つようなことがあれば、女宮はもちろん臣下達も先ほどの言葉を思い出すだろう。そのときは容赦《ようしゃ》なく牙を剝《む》かれる。

この帝の要求が、女宮に引導《いんどう》を渡すこととなったのか、僅かながらでも希望を残したことになるのか。あるいは女宮が自分の気持ちを整理する材料となったのか、伊子には分からなかった。

少し前に帝が輦《れん》から降りた姿を目にしたとき、伊子は天の窟屋から出てきた天照大神を連想した。だがいまはそうではなく、帝こそが磐戸を引き明けて天照大神の手を引いた天《あめ》手力男神《のたぢからおのかみ》のように見えた。

女宮はじっと帝を見返していた。なにかを内包したような瞳だった。

やがて彼女は固く作った拳を解き、畳《たたみ》の端にそっと指をつく。

「謹《つつし》んで承ります」

見舞いという事情から長居はせず、慰藉《いしゃ》の言葉だけですぐに還御《かんぎょ》となった。帝を乗せた輦が担ぎ上げられ、中門のむこうに消えてゆくのを伊子は嵩那と並んで見守っていた。もちろん伊子も御所に戻らねばならぬのだが、いま行ってもどうせ車寄せはごった返している。ならば、もう少し落ちつくまでここで待つことにしたのだ。

輦が見えなくなったところで、平敷御座《ひらしきおまし》から女宮が立ち上がった。

伊子は緊張して様子をうかがうが、意外なほどしっかりした足取りで畳を下りる。先日対峙《たいじ》した直後に倒れたことを思いだして心配したが、今回はしゃんとしている。敵ながら気丈な人だと感心したあと、女宮が自分がいる母屋《もや》に入ってくる可能性を思いついて慌てふためいた。

したり顔をするつもりはなくとも、いまの女宮にとって伊子は視界にも入れたくない相手であろう。いや、それどころか不倶戴天《ふぐたいてん》の敵ぐらいに憎まれているかもしれなかった。

（隠れなきゃ……）

いったん腰を動かしかけたが、ここで下手《へた》に動いて鉢合《はちあ》わせする可能性に思い至る。ならばこのまま几帳《きちょう》の陰でじっとしていたほうが無難であろうか。いざとなれば蝙蝠《かわほり》をかざして顔を隠しておけばなんとかなるのではないか。ともかくいまの女宮に姿を見せてはならない。それは溺《おぼ》れる者に石を投げる真似《まね》にも等しい。

急に落ちつきをなくした伊子に、嵩那が不審な眼差《まなざ》しをむける。

「いかがなされましたか？」

「しっ！」

人差し指を唇の前に立てて睨《にら》みつけると、嵩那はなにか察したような顔をする。不用心に声を出す前に気付いてくれという腹立たしさもあったが、それを言うのなら混雑を避けたいなどの理由でここで待っていた伊子のほうがよほど迂闊《うかつ》である。

そんなことをしているうちに、女宮が母屋に入ってきた。伊子は蝙蝠をかざして身を縮こませた。

「私が叔母上《おばうえ》の気を逸《そ》らしておきますから、その間に……」

そう囁《ささや》いて嵩那が立ち上がりかけたときだった。

「結局あなたは、帝と宮のどちらを選んだの？」

乾いた女宮の声が響いた。憎悪どころか嫌みでもない、純粋に疑問を抱いているような口ぶりだった。もとよりここに潜んでいたことなど、お見通しであったようだ。そうなるとあたふたしていた先ほどの自分に赤面し、それ以上に女宮を〝溺れる者〟扱いしていた自分の甘さに失笑する。

母屋の端に座る伊子を、女宮は中央付近から立ったままこちらを見下ろしている。高低の差はあれど、四尺の几帳が隔《へだ》てとなって伊子の姿は確認できていないはずだ。それでも女宮は姿勢を揺らがせず、まるで姿が見えているかのように問いかけてくる。

ならば意味はないとばかりに、伊子は蝙蝠を下ろした。

「どちらも、諦めてはおりませぬ」

女宮の問い方は、どちらを選ぶのかというものだった。しかしその言葉を使うのはあまりにも傲慢《ごうまん》な気がして、伊子は諦めていないと答えた。

「諦めていない？」

女宮の声音《こわね》に険しさが増した。理解できない伊子の返答に、馬鹿にされたのではと思ったのかもしれない。

（だったら……）

こんな状況にもかかわらず、伊子は意気込んだ。

意図したところではなかったが、これはよい機会である。吉野宮《よしののみや》で女宮から、嵩那より帝を選んだと蔑《さげす》まれたことは忘れていない。だからこその先ほどの問いなのだろう。

伊子としてはあのときも反論したかったが、とうてい理解してもらえそうもない状況だったので断念した。しかしいまの状況であれば――。

「なにゆえ諦めねばならぬのでしょう？」

伊子は言った。

「公卿《くぎょう》であれば、たとえ帝にお仕えしていようと妻を持たぬことはむしろ不自然でさえあるはず。なのになぜ女子だからといって、情で返さねばならぬのですか？　なぜ女子だからといって夫《つま》を持ってはならぬのですか？」

矢継《やつ》ぎ早《ばや》に問いかけたあと、伊子はいったん口をつぐみ女宮の答えを待つ。

しかし女宮は無言だった。よもやこの程度の口舌で圧倒したとは思わないが、あるいは女宮は気づいたのかもしれなかった。以前に自分が口にしたものと同じ問いを、伊子がしていることに――。

「なぜ女子ではならぬのですか？」

矢を放つような伊子の問いは、かつて女宮が嵩那にしたものと同じだった。

昨年の御仏名《おぶつみょう》の夜、女児の誕生を願うという彼女の願文を追及した嵩那に、女宮はそう反撃したのだ。

帝の妃が懐妊した場合、ほぼ例外なく男児が望まれる。

そんな当世に事実上結婚の道を閉ざされた内親王として生まれた女宮は、周りの失望を肌で感じながら生きてきた。女子として生まれたこと、女子を産んだこともけして誰の所為《せい》でもないというのに。

その鬱屈《うっくつ》を溜めこんできたはずの女宮が、誰よりも女子のあるべき生き方に囚われてしまっていることは皮肉なのか妥当《だとう》なのか。

自分が苦しめられてきたのだから、他の女子もとうぜんそうあるべき。もしも女宮の行動の根幹にそんな幼稚な考え方があったのなら、そういう人間なのだと嘲笑《あざわら》うこともできた。

だが彼女はそうではなかった。先帝に対する復讐《ふくしゅう》こそ望みはしたが、それは自身の所有《もの》を取り返そうという正当な感情で、誰かの不幸を望んだわけではない。

そうではなく、自らが苦しめられてきた女子たるものの観念から逃れることができないまま復讐しようとしたこと。それが女子として生まれたことで最初の不幸を背負いこんだ女宮の、二度目の不幸のはじまりなのだろう。

女子とはやがて妻となるもの。女子とはやがて母となるもの。

その思い込みから逃れることができていたのなら、才色兼備《さいしょくけんび》の内親王という、誰もが憧れる立場を十分に謳歌《おうか》することができていたかもしれない。皇統を取り戻すという執念はまた別のものとしても、もう少し女子として生まれた自分を尊重することができたのではなかったのだろうか。

なぜ女子ではならぬのか？　という伊子の問いに、女宮はしばし言葉もなく立ちすくんでいた。

やがて、ぽつりと問うた。

「女子でも良いというの？」

「私は女子が良いのです」

伊子の答えに、女宮は覇気《はき》なく鼻を鳴らす。

「若いわね。あなたも……そして帝も」

そう告げて、女宮はくるりと踵《きびす》を返して奥へと姿を消した。

最後の言葉が皮肉なのか羨望《せんぼう》なのか、伊子は分からなかった。しかしどちらなのかと悩むよりも、女宮に伝え忘れていたことを思い出した。

（言わなきゃ……）

少し気持ちが急《せ》いたあと、ふと冷ややかに思う。どうやって？　呼び止めるのか？　そこまでの価値があることなのか？　ただのおためごかしとも受け取られかねないのに。告げる意味などあるのか？　ひょっとしたらそれは女宮にとってなんの意味もないかもしれないのに。

「もう、お帰りなさい」

そう言って嵩那が、ぽんっと背を叩いた。

伊子は物思いから立ち返り、はっとして嵩那を見る。彼は緩《ゆる》やかに首を揺らし「あとは私がみます」と言った。

女宮がどの程度消沈しているのか、いずれ立ち直ることができるのか、そのとき彼女の目的はどの方向に向かうのか。色々分からぬことや不安はある。

理がある側を力ずくで押さえつけたという、良心の呵責《かしやく》はいまも残る。それは帝も、そして近しい叔母の期待に応えてやれぬ嵩那にも終生残るのだろう。

けれど、もしも女宮の心に「女子が良い」という伊子の言葉が少しでも刺さっていたのなら――。

伊子は嵩那の袖《そで》をつかんだ。

「女宮様に、お伝えして欲しいことがあるのです」

衝動的とも思える伊子の言動に、嵩那は怪訝《けげん》な顔をする。

「叔母上に？　なにをですか」

「父が…左大臣《さだいじん》が、王女御様の後ろ盾となってもよいと申しておりました」

きっかけは赤疱《あかもがさ》から避難するために、茈子《さいこ》に里帰り先を提供したことだった。孫程の年ごろのこの女御の明るい気質と予想外の聡明さに、顕充は将来性を見込んだ。いまさら後宮政策に打って出るつもりはなかったが、さりとて右大臣《うだいじん》と新大納言《しんだいなごん》の対立により政《まつりごと》が分断されるのを一の人として見過ごすこともできぬ。二人をけん制する意味も込めて、茈子の後援を考えついたのだという。

「王女御様は、先々帝のお孫様にあたられます」

男でつなぐことが無理でも、まだ女がいる。嵩那の立坊《りつぼう》はすでに決定しているが、年齢的なことを考えれば即位の可能性は果てしなく低い。

けれど左大臣家の支援を受けたのなら、茈子が男児を産んだ場合、その子が帝位に即く可能性は残されている。

あくまでも理屈上で、九つという茈子の年齢を考えればとうぶんは先の話だ。その間にも桐子《ひさこ》に朱鷺子、あるいは今後入内《じゅだい》するであろう別の妃達もさらに興隆するだろう。それでも東朝の希望は残る。女宮が〝女子でも良い〟としてくれるのならだけれど。

「なるほど」

顎《あご》を揺らすようにして嵩那はうなずいた。伊子の言わんとするところを理解してくれたようだ。

「折りをみて、必ずお伝えします」

嵩那は言った。いつしかすがるような顔になる伊子に苦笑すると「ここ数日、付き添っていて思ったのですが……」と話しはじめた。

「どうも叔母上も、落とし処を探しておられたような気がします」

伊子は目を見張った。ほどなくして少し前のやりとりを思い出す。やけに引き際が良かったのを、すべて諦めてしまったからなのかと思っていた。

しかし女宮のほうに少しでも妥協したいという気持ちがあったのなら、同じように女として生まれたことも受け入れることができるのだろうか？　そうあって欲しいと祈るように伊子は思った。

嵩那がもう一度背中を叩いた。

「そろそろ御所にお戻りなさい。千草と……主上《おかみ》が待ちくたびれますよ」

一瞬虚をつかれたような顔をしたあと、伊子は申し訳なさそうにうなずいた。

嵩那が納得していると分かっていて、自身でも気持ちの整理をつけたつもりでいたが、それでもこのかすかな罪悪感は永遠に消えることはないのだろう。

自分の望む道を貫いたことには、まったく後悔《こうかい》はない。しかし後悔はないという心持そのものが、罪悪感の要因でもあるのだ。

「参ります」

伊子は立ち上がった。

嵩那はひらひらと手を振って言った。

「では、立坊式でお会いしましょう」

その年の皐月《さつき》中酉日《とりのひ》。先々帝の第五宮・嵩那親王は東宮にと冊立《さくりつ》された。

梅の枝の間をすり抜けた春告げ鳥が、澄んださえずりとともに淡い霞のかかった空にと飛び立っていった。

「ああ、いい香りだ」

簀子《すのこ》に出ていた嵩那が、楽し気な声をあげる。彼が言うように、壺庭《つぼにわ》に咲いた白梅のえもいわれぬ芳香が殿舎の中にもただよってきていた。

「大君《おおいきみ》もおいでになりませんか。一緒に観梅《かんばい》をいたしましょう」

声をかけてくる嵩那に、火鉢《ひばち》の前で白湯《さゆ》を飲んでいた伊子は顔をむけた。

少々寒さが緩みはしても、如月《きさらぎ》の空気はまだまだ冷たい。火鉢も綿入れも到底手放せない。だというのに二人でむきあっての朝餉《あさげ》を済ますなり、嵩那は早々と妻戸《つまど》をくぐりぬけて外に出てしまっていた。

（どうして殿方《とのがた》って、あんなに寒さに強いのかしら？）

不思議に思いつつもせっかく誘われたのだからと、伊子は綿入りの紅梅《こうばい》色の小袿《こうちぎ》の襟《えり》をかき寄せた。

簀子に出ると、小葵《こあおい》文様の直衣をつけた嵩那はすでに庭に降りていた。

きりりと身が引き締まるような冷たい空気の中でも、花々を照らす光は穏やかで春の陽気の色合いにと移ろいでいる。

いまや東宮御所と呼ばれる嵩那の邸《やしき》は、冬から春にかけての色とりどりの花が咲き競っていた。薄紅色の椿《つばき》。白い馬酔木《あせび》。白と蘇芳《すおう》色の沈丁花《じんちょうげ》。緋色《ひいろ》の寒牡丹《かんぼたん》等々、花の名をあげてゆけばきりがない。

その中でも特に見事だったのが、梅花だった。

薫《かお》り高い白梅と色鮮やかな紅梅が横並びに植えられており、交差するように枝を伸ばして連理の枝とも見紛う。紅梅のほうが少し小ぶりなのも、まるで夫婦のように見える。

なるほど。これは確かに観梅を誘う見事さである。

「私がこちらに到着した日は、紅梅のほうは三分咲きといったところでしたのに、随分《ずいぶん》と開いたものですね」

「代わりに白梅のほうが少し落ちかけていますよ。薫りはまだ十分に楽しめますが」

一般的に白梅は紅梅に比べて早咲きである。白梅が満開のときは紅梅はまだ盛りではないし、逆に紅梅が八分咲きから満開ともなれば白梅は散りはじめる。ちなみに芳香は白梅が勝る。

梅はもちろん、見事に咲いた花々にしみじみと伊子は言った。

「それにしても宮様のお宅が、これほど見事な春の園をお持ちだとは存じませんでした」

伊子が嵩那の邸を訪れたのは十日前だった。

嵩那が伊子の実家に来たことは何度かあったが、逆はなかった。十二年前の交際は男が女のもとを訪れる一般的な形式だったし、再会後は宮仕えをしていたから逢瀬《おうせ》は御所でばかりだった。

(それに、あんがいに風流よね)

元服《げんぷく》を機に父帝から賜《たまわ》ったという邸宅は広さこそ普通だったが、手入れが行き届いた趣味のよいものであった。時折片鱗《へんりん》を見せるあの突飛《とっぴ》な感覚は、どうやら家造りには反映されていないらしい。

嵩那の気さくで明るい人柄もあり、いまや東宮御所は左近衛大将《さこのえのたいしょう》をはじめとした中堅から若手の公卿《くぎょう》や公達《きんだち》が集《つど》う活気のある場所となっていた。

しかし伊子が滞在したこの十日間は、みな遠慮《えんりょ》しているのか訪問者はなかった。おかげで慌ただしい御所ではなかなか味わえなかったゆっくりとした日々を過ごせている。

(こんな日々も悪くない)

白梅の香りの中、そんなことを考えているとふいに背に体温を感じた。

気がつくと背後から嵩那に抱きしめられていた。高欄《こうらん》越しに身を乗り出した彼は、自らの胸に伊子の背を引き寄せている。

「これからは四季折々の花を、毎年ここより御覧ください」

耳元で甘く囁《ささや》かれ、きゅっと頬《ほお》が熱くなる。今年で三十四歳にもなるというのに、これではまるで十代の少女のような反応だと気恥ずかしくなる。

「……楽しみにしています」

ぎこちなく返すと、嵩那の唇が頬に触れた。

ただでさえ熱くなっていた頬が、いっそう火照《ほて》る。しかし離してとも言えずにおたおたしていると、奥のほうから足音が近づいてきた。

「そんな一年に四回も五回もお訪ねできませんよ。ご実家だって、たまにはお戻りいただかないといけないのに」

妻戸から飛び出してきたのは千草だった。

少し離れた場所で仁王立《におうだ》ちする乳姉妹《ちきょうだい》に伊子は慌てたが、嵩那は抱きしめた腕を緩《ゆる》めもしない。自他ともに認められた恋人を抱きしめてなにが悪いと言わんばかりである。

もちろんそんなことにひるむ千草ではない。ずんずんと足を進めてくると、腰に手を当ててまくしたてる。

「それでなくとも早くお戻りになるようにと、御所からは矢の催促《さいそく》なのですよ」

「御所ではなく主上であろう。まったく、御所ではいつも大君を独り占めしているのだから、少しぐらい遅れたところでどうあろうか」

などとふてぶてしいことを言いはしても、嵩那の口調には余裕がある。

宮仕えをはじめて三年目になろうとする春。伊子は十日の休みをもらって嵩那の邸を訪れた。今日がその最終日なのである。

それにしても独り占めとは、冗談とはいえ滅多《めった》なことを言う。確かに帝からは、とても頼りにされていることを折につけ感じてはいるけれど、それはけして婀娜《あだ》めいたものではないというのに。

しばらく悪ふざけのようにごねていた嵩那だったが、千草の目が怖くなったと見えてようやく腕を緩める。

「やれやれ、名残《なごり》惜しいことだ」

「また、伺《うかが》いますわ」

なだめるように返すと、嵩那は高欄に腕をのせて伊子の顔を覗《のぞ》き込んだ。

そうして涼やかな眼差《まなざ》しのまま、そっと囁いた。

「いってらっしゃい。悪尚侍《あくないしのかみ》」

あとがき

『平安あや解き草紙』をお読みくださった皆様、こんにちは。小田菜摘《おだなつみ》です。
長く書かせていただいたこのお話も、無事に最終巻を迎えることができました。本当にありがとうございます。

このシリーズが始まった頃のオレンジ文庫のカラーもあり、ここまであとがきは書かずにきたのですが、最終回ということで依頼があり、今回初めてあとがきを書かせていただくことになりました。蛇足《だそく》と言わず、皆さましばしお付き合いくださいませ。久々のことで実は私も緊張しております。

まずは、このお話を書くにいたった経緯などを。

ご存じの方も多いと思いますが、このシリーズが始まる前の私の主戦場（？）はいわゆる『少女小説』と言われる分野でした。好きなジャンルであることはいまも変わらないのですが、時代の流れでなかなか作品を発表することが難しくなってきました。

そんなおりにキャラクター文芸のほうで機会をいただき、それなら少女小説では書けなかった大人の女性を主役にしたいと考えるようになりました。

最初の頃は現代物が主流だったキャラクター文芸ですが、ちょうどそのころからぼつぼつとファンタジー物や時代物が出始めており、ならば自分が書きやすい平安物でといこうとして出来上がったのが、この『平安あや解き草紙』です。


シリーズが長くなると、作者のほうも色々と知識がついてまいります。

特に時代物あるあるなのですが、長いことこうだと思いこんでいた、あるいはどうなのかと思いつつも正解が分からないまま押し切っていたことが、はっきりと間違っていたと分かったときの衝撃といったらないです。

その中でなにが最大の衝撃だったかと言われれば、帝《みかど》の御引直衣《おひきのうし》でした。

この御引直衣という装束《しょうぞく》、実は私にとって非常にツボでございまして、作中でもしつこいぐらいに『白の御引直衣』と繰り返し描写していると思います。
ところが夏物は白ではなく、臣下の直衣と同じで二藍《ふたあい》の単《ひとえ》になるということだったのです。この件を少し前に知ったのですが、昨年の夏（作中）には白い直衣を着せてしまっているので、もう無理だなと思って、今回も直しませんでした。すみません！
その反動というわけではないのですが、先日刊行いただいた『掌侍《ないしのじょう》・大江荇子《こうこ》の宮中事件簿』に登場する帝は、白と二藍の御引直衣の両方を着ています。彼はこのお話の帝とはタイプがちがい、影のある大人の男性です。夏の直衣の色は、嵩那《たかふゆ》が着ていた色の薄いものです。未読の方でご興味のある方は、どうぞよろしくお願いします。

ここからは若干《じゃっかん》の内容に触れますので、未読の方はお気をつけください。

女宮《おんなみや》が出た当初は、伊子《かのこ》と嵩那を結婚させて、娘をもうけて終わらせるつもりでいました。東宮《とうぐう》家における女児の誕生を両親が喜ぶことで、女宮になんらかの慰撫《いぶ》を与えられるかなと考えたからです。

しかし話が進むにつれて、なんかちがうなあ？　という違和感を覚えるようになり、それは七巻での「妻でなく母でなくとも甲斐《かい》のある女の人生を、私があなたに見せてあげるわ」という伊子の台詞《せりふ》で決定的となりました。

その結果が、今回の結末です。皆さまはどのように受け止めてくださいましたでしょうか。それぞれの価値観はあると思いますし、自分が望む形ではなかったと思う読者さんもいらっしゃるやもしれません。その場合はこういう考え方もあるのだなと感じていただけましたら幸いです。


紙幅が尽きてまいりました。

シリーズを通して美しいイラストを描いてくださったシライシユウコさん、本当にありがとうございました。

また担当様をはじめ、編集の皆さまには大変にお世話になりました。

校正様、デザイナー様をはじめ、この本を出版するにあたってかかわってくださった皆様には厚く御礼を申し上げます。

なにより最終巻まで支えて下さった読者の皆様、本当にありがとうございます。皆さまのおかげでここまで続けられました。そして終わらせることができました。改めて御礼を申し上げます。

小田菜摘

※この作品はフィクションです。実在の人物・団体・事件などにはいっさい関係ありません。

集英社オレンジ文庫をお買い上げいただき、ありがとうございます。
ご意見・ご感想をお待ちしております。

● あて先
〒101-8050　東京都千代田区一ツ橋2-5-10
集英社オレンジ文庫編集部 気付
小田菜摘先生

平安あや解き草紙
～その女人、匂やかなること白梅の如し～

集英社
オレンジ文庫

2022年1月25日　第1刷発行

著　者　小田菜摘
発行者　北畠輝幸
発行所　株式会社集英社
〒101-8050東京都千代田区一ツ橋2-5-10
電話【編集部】03-3230-6352
【読者係】03-3230-6080
【販売部】03-3230-6393（書店専用）
印刷所　図書印刷株式会社

ISBN 978-4-08-680427-1 C0193

こじれた他人の話題は、
いつの世も楽しい。
平安・宮中事件簿開幕！

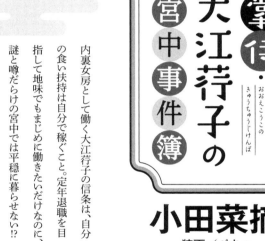

遊川ユウ

マイ・ゴースト メンター

新卒3ヶ月目の奇跡

医科大の大学事務となるも、失敗続きで
早くも退職が頭をよぎる灯子。そんな
ある日、偶然見つけた謎の神社アプリで、
事故死した幽霊の紅葉さんと
繋がって……!? 奇跡のお仕事ドラマ!